보통 아닌, 보통의 나날들

보통 아닌, 보통의 나날들

발행일	2022년 8월 12일

지은이	최기효		
펴낸이	손형국		
펴낸곳	(주)북랩		
편집인	선일영	편집	정두철, 배진용, 김현아, 박준, 장하영
디자인	이현수, 김민하, 김영주, 안유경	제작	박기성, 황동현, 구성우, 권태련
마케팅	김회란, 박진관		
출판등록	2004. 12. 1(제2012-000051호)		
주소	서울특별시 금천구 가산디지털 1로 168, 우림라이온스밸리 B동 B113~114호, C동 B101호		
홈페이지	www.book.co.kr		
전화번호	(02)2026-5777	팩스	(02)2026-5747

ISBN	979-11-6836-426-4 03810 (종이책)	979-11-6836-427-1 05810 (전자책)

(주)북랩 성공출판의 파트너

북랩 홈페이지와 패밀리 사이트에서 다양한 출판 솔루션을 만나 보세요!

홈페이지 book.co.kr　•　**블로그** blog.naver.com/essaybook　•　**출판문의** book@book.co.kr

작가 연락처 문의 ▸ ask.book.co.kr

작가 연락처는 개인정보이므로 북랩에서 알려드릴 수 없습니다.

보통 아닌,
보통의 나날들

최기효 에세이

팔 남매의 맏딸이고
십사 남매의 둘째 며느리이며

육 남매의 엄마, 인생 가계부

북랩

머리말

〜

얼마 전에 전기 매트에 따뜻하게 허리 대고 누웠는데, 저만치 내가 그린 메리골드꽃 그림이 눈에 띈다. '그래, 내가 아홉 살에 6·25 전쟁이 터져 인천으로 맥아더 장군이 이끄는 유엔군이 상륙한 그날부터, 일주일을 걸어서 시골에 피난 온 그런 경험들, 몸소 체험하고 보고 듣고 한, 내 얘기를 일기 쓰듯 써 보면 어떨까? 저 많은 70여 권의 스케치북 속 그림들을 삽화로 넣어 책 한번 내는 것도 꽤 괜찮지 않을까?' 하는 의욕이 생겼다.

내년이면 여든 해 세월이 된다. 내 육 남매 자식들과 손주들도 처음 듣는다는 내 얘기들을 하나씩 풀어내 보는 것도 좋겠다.

그러고 보니 내가 산 세월도 적지 않은 세월이구나. '100세 시대'라 하지만 내 부모님보다 많이 살아왔다. 오늘날 눈부시게 과학이 발전해, 후손들은 사람들이 늘 이렇게 편리하게 살아왔을 것으로 알지도 모르겠다. 하지만 내가 70여 년 전부터 실제로 체험한 시간들은 그렇지 않았다.

스물세 살에 서른두 살 남편과 선 한 번 보고 한 달 만에 결혼. 육 남

보통 아닌, 보통의 나날들

매 낳아 기르느라고 내 자신이 뭘 해 보리라고는 생각을 못 하고, 오직 먹는 것을 가족들 입에 맞게 맛있게 하자는 마음뿐이었다. 이제 머지 않아 팔십 나이! 죽기 전에 내 얘기 한번 써 보는 것도 후진들에게 이야깃거리가 되지 않을까 해서, 부끄럽고 부끄러운 일이지만 용기를 냈다. 이것은 나의 자부심이며 내가 나 스스로에게 주는 월계관이다.

나의 자식들이 많이 도와주었다.

2019년 12월 31일 밤에

메리골드꽃
(컴퓨터 그림, 2008)

메리골드꽃
(종이에 수채화, 2018)

차례

그리고 지금 / **233**

맨드라미
(종이에 수채화, 2020)

도롯가의 꽃박스

(종이에 수채화, 2020)

한련화
(종이에 수채화, 2019)

1942년부터 1964년까지

나는 1942년생이다

세 살 되던 1945년 8월 15일 해방을 맞게 되고, 일곱 살에 서울 혜화국민학교(지금의 혜화초등학교)에 입학했다.

우리 집은 그 당시 미아리고개 지나 정릉 쪽에서 내려오는 개천 앞 동네다.

동네 입구에는 약 공장이 있었다. 아침 등교길에 미아리고개 쪽으로는 지나는 사람이 별로 보이지 않았었다.

키가 크고 몸이 건장한 한 젊은 청년이 머리를 감지 않아 긴 머리가 떡떡 들러붙은 채로 혼자서 히죽히죽 웃으며 지나가는데, 어린 나로서는 무서웠던 기억도 난다.

고개 넘어 돈암동 전차 종점에서 차를 타고 삼선교 지나 혜화국민학교를 다니는데, 차가 만차가 되면 멈추지 않고 그냥 지나친다. 나는 삼선교 지나 혜화동에서 내려야 하는데 키가 작으니 밖을 볼 수 없어 정거장 수만 세고 가다 보면 창경원 앞에서 내리게 된다.

한 정거장을 다시 되돌아 아장아장 걸어 학교에 가면 지각을 한다.

2학년 겨울 방학을 시골 할머니 댁에서 보냈다. 개학 때가 되어 집안 내동 할머니에게 딸려, 부안읍에서 당시 부안중학교 교사로 근무하던 큰집 큰오빠가 만원 버스에, 창문을 통해 나를 태워 주면 신태인역에서 완행열차로 갈아탄다. 그렇게 서울역에 도착하면 밤이 되었다.

내동 할머니는 시골에서 이것저것 바가지까지 싼 커다란 짐 보따리를 머리에 이었고, 나는 책가방을 메고 손에는 고모가 만든 검정 치마와 노랑 저고리와 떡살 뺀 것 등을 싼 보퉁이를 들고 내렸다.

그때 소년 하나가 할머니 머리에 인 보따리를 들어 준다고 꼬드기다 안 되니, 나에게 붙어 내 보퉁이를 빼앗아 달아난다.

순간 할머니를 뒤에 두고 나는 많은 사람들 틈에 골목으로 도망가는 그 소년을 놓치지 않으려고 쫓아갔다.

컴컴하고 높은 담 안쪽에서 컹컹 개 짖는 소리와 도랑물이 흐르는 소리가 들리고, 그 소년은 그림자도 보이지 않았다.

무서운 생각으로 그만 다시 뒤돌아 큰길로 나왔는데 이미 할머니는 놓치고 나 혼자 남았다. 울기 시작했다.

큰길에는 많은 사람들이 귀갓길로 바쁘게들 걸어간다. 내가 울고 있으니 더러 물어보고 간다. 그중 서너 명의 아저씨들이 지나다가 말한다. "얘, 너 오늘 이 아저씨 따라가 자고, 내일 이 아저씨가 집에 데려다줄 테니 그렇게 해라." 해서, 그 말대로 마이크로버스에 함께 타고 철로 옆에 작고 깔끔한 그 댁으로 따라갔다. 아저씨는 들어가면서 안에 대고 "딸 하나 주워왔다."라고 외치듯 말한다.

　젊은 부인이 맞이해 저녁을 얻어먹고 잠을 잤다. 아침에 그 아저씨 따라서 돈암동 전차 종점 앞에 있는 돈암 극장 2층 사무실로 갔다. 그날은 비가 오고 난롯불이 활활 타고 있었다.

　학교에 전화해 놓고 다시 버스를 탔는지 어쨌는지 기억이 안 난다. 나는 늘 걸어 다니던 곳인데 아저씨가 우리 집에 데려다주시고 가셨다. 우리 엄마도 그 아저씨께 제대로 답례도 못 했었다고 후에 후회하셨다.

　그때는 참 따뜻한 인정이 있었다. 고마운 아저씨다. 학교 다니면서 늘 그 극장을 바라보았다.

　나를 놓친 할머니도 그때 손녀가 한국은행 근무했을 때라 은행 숙직실로 찾아가 집을 찾아가시게 되었다고 나중에 우리 집에 와서 얘기했다는 말을 들었다.

　그때 이산가족 될 뻔했는데, 여러 사람의 도움으로 집을 잃어버리지 않았다. 감사하다.

　3학년이 되고, 6월 25일 새벽 4시 20분, 북에서 탱크를 앞세워 남침을 했다. 우리 집은 의정부와 가까웠다. 잠자다가 총성에 놀란 엄마가 우리를 건넌방으로 몰아넣고 두꺼운 솜이불을 뒤집어씌웠다. 안방이 길 바로 옆이라, 엄마는 우리를 안쪽에 있는 건넌방으로 피신시킨 것이다.

문간방에는 이모와 이모부가 둘째 아들과 살고 있었다.

북군은 미아리고개 신작로를 통해 지나갔을 것이다.

동네 앞쪽 정릉 쪽에서 흘러오는 넓은 냇물을 건너 아리랑고개를 지나 시내 아버지 직장으로 피난을 갔는데, 아버지와는 길이 어긋나 만날 수 없었다. 아버지 직장 지하실은 이미 만원이 되어 들어갈 수 없어, 2층으로 가서 밤을 새워야 했다.

식사 대용으로 이모부께서 제과점에서 양과자들을 한 보따리 사 오셨는데 너무 달아서 식사가 안 되었다.

아침에 다시 집으로 돌아오는데 미아리고개 쪽에 더러 핏자국도 볼 수 있었다.

산모였던 이모는 먹을 것을 못 먹어 물로 배를 채웠다. 우리 모친도 내 남동생을 임신 중이었다.

엄마는 과수원에서 낙과도 받아 와 팔고 정릉 가서 도토리 주워다 도토리 떡을 만들어 언니와 나더러 미아리고개에서 팔아 오라 했다. 어떤 손님이 돈을 한 움큼 들고 앉아서 떡을 한입 먹어 보더니 수수떡인 줄 알았는데 떫다고 뱉고 그냥 갔다. 도토리는 물에 우려야 하는데 급하게 하니 떫은 거였다.

엄마는 아끼는 비단 한복도 들고 나가 곡식과 바꿔 왔다. 고추장, 된장을 퍼서 머리에 이고 음식점에 내다 팔고, 쌀을 조금씩 팔아 왔다.

약 공장 뒷마당에 쇠비름 풀이 수북하게 웃자란 걸 뽑아 오라 해서, 그걸 뽑아다 죽을 끓여 늘려 먹었다. 여섯 살 여동생과 아홉 살인 나의 눈에는 밥그릇에 담긴 죽보다 대접에 담긴 죽이 많아 보였다. 많이 먹으려는 욕심이 생겨 그 대접의 죽을 탐하는 찌질함(지질함), 어리석은 마음도 가져 보았던 기억도 남아 있다. 배고픔이 사람을 얼마나 추하게 하는지 나는 충분히 경험했다. 지금도 식탐이 있어 늘 먹을 것을 취하는 습관으로 체중을 줄이지 못한다.

또 한 번은 동네 가운데, 집주인은 피난 가고 없는 빈집의 대문 위에 커다란 박 세 덩어리가 얹혀 있는 것을 보았다. 언니가 올라가 따고 나는 밑에서 지켜보았다. 그 박을 타다 속을 삶아 양념장에 묻혀 먹고 배를 채운다. 흥부네 가족이 되었다.

냇가 작두샘 근처에 아주까리 나무 열매를 따서 까 먹어 보니 고소한 맛이 났다. 자꾸 까 먹었다가 배탈이 나서, 밤에 자다가 토하고 죽다 살아난 기억도 있다.

그러나 그 잎은 나물로도 먹는다. 가을에 따서 말린 것을 정월 대보름에 삶아 나물로 볶아 먹는다.

달과 박꽃
(컴퓨터 그림, 2009)

엄마의 태몽

우리 엄마, 나 들어설 때 태몽이 순한 암소 한 마리를 끌어다가 마당에 두고 끈을 부엌 바라지창 잠금장치—나무로 다듬어 잠그는—에 묶어 놓고, 뒤꼍에서 풀을 한 짐 들어다가 앞에 놓아 주는 꿈을 꾸었었다고 들었었다.

그래 식복은 있으리라 생각되었다고 하셨었다.

환희
(컴퓨터 그림, 2008)

국민학교 저학년 소풍

나는 일곱 살에 혜화국민학교에 입학했다.

봄가을 소풍을 그때는 봄가을 '원족'이라 했는데, 먼 거리를 걸어가는 것이니 '멀 원遠', '발 족足' 자 써서 '원족'이라 했던 것 같다.

내 기억 속의 소풍은 아홉 살, 6월 25일 되기 전에 한 번 정릉으로 갔던 것뿐이다.

돈암동 전차 종점에서 전차 타고 혜화국민학교까지 가서, 다시 모여 아리랑고개를 넘어 정릉으로 가는 코스 같다. 솜사탕 장수가 솜사탕을 만들어 파는데 먹고 싶었지만 사 먹지 못했다.

선생님은 그곳에서 각자 집에 돌아가라고 했다. 길을 모르니 난감했다. 지금 생각해도 참 막막한 일이었다. 누구에겐가 물어서 어떻게 집을 찾아오긴 했다.

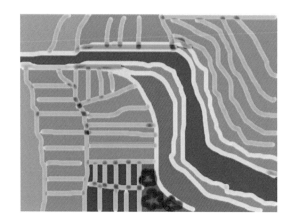

논과 고추밭 상추와 도라지밭
(컴퓨터 그림, 2008)

보통 아닌, 보통의 나날들

김구 선생님 영구차 나가는 길

아침에 오늘까지 살게 도와준 분들 감사 심고 올리다 떠오른 생각이다. 6·25 전쟁 전, 내가 혜화국민학교 2학년이나 되었을 때인지, 어릴 때 기억이 난다.

김구 선생님 영구차가 지나간다는 소문을 듣고 뛰어나갔다.

어머니랑 함께 갔어야 하는데, 혼자서 먼저 나갔다.

돈암동 신작로 길옆에 사람들이 이미 빼곡히 서 있어 볼 수가 없었다. 어른들이 최근의 '사회적 거리 두기'처럼 좀 띄어서 섰다면 볼 수 있었을 것이지만 딱딱 붙어 서서 키 작은 나로서는 보이지 않아 애만 쓰다 돌아왔다. 그러나 그때, 그 자리에 있었다.

들풀, 환 꽃 모양
(컴퓨터 그림, 2008)

찬동이네 가게

6·25 전쟁 나기 전 언제쯤인가 보다.

동네에 '찬동네'라는 구멍가게가 하나 있었는데, 온 동네 사람이 다 그 집에서 생필품을 사다 쓰는, 마을에 하나 있는 '슈퍼'라고 할 만한 가게였다.

그 '찬동네' 가게에서는 바께쓰(양동이)에 뻘겋게 묵처럼 굳은 소 피를 문밖에 놓고 양재기(양푼)로 퍼서 팔았다. 나는 가끔 엄마의 심부름으로 냄비를 들고 가서 그 선지를 한 그릇씩 사 오고는 했었다. 아마도 전날 밤 아버지가 술을 드시고 오셔서 술국을 끓이려고 그것을 사 오라고 했던 것 같다.

어린 내 손자들을 보면, 내가 일곱 살 나이에 그런 심부름을 하고, 멀리까지 걸어서 그 '한 많은 미아리고개'를 넘어 학교를 다닌 것이, 나 스스로 대견하다. 요즘 부모들 같으면 그런 모험을 하지 않을 텐데, 그때는 인심이 더 좋았던 것 같다.

길에서 마주친 유엔군

1950년 6·25 전쟁 당시였다. 유엔군이 미아리 넘어 넓은 개천가에 진을 치고 있을 때였던 일이다.

엄마는 가게에 갔다 오다가 군인들을 마주쳤다. 한 젊은 군인이 와서, 말이 안 통하니 몸짓으로 달걀을 구한다는 뜻을 표현하는데, 겁나고 무서워서 집으로 도망치듯 왔다고 한다.

당시에 외국인을 볼 일이 별로 없었으니 각양각색 피부색, 갖은 군복 입은 군인과 마주친 젊은 엄마가 얼마나 겁이 났을지 짐작이 된다. 마을 앞 개천에 많은 외국인들이 왔으니 얼마나 불안하고 두려웠을지. 70년 전 이야기다.

당근꽃
(컴퓨터 그림, 2009)

아홉 살 피난길

이모 큰아들은 시골 조부모 밑에 크고, 이모 내외는 둘째와 서울 우리 집에서 살며 셋째 아들을 난리통에 해산했다.

산모인 이모님은 우리 집에 남고, 이모부는 커다란 가방을 멜빵으로 묶어서 등에 지고, 둘째 아들을 그 위에 걸터앉게 해서 다리는 목에 걸치게 하고 먼저 걸어서 고향으로 떠났다.

뒷날 시골에 도착한 이모부께서 손수레에 쌀 한 가마를 실어 나이 든 아저씨와 장정 한 분을 보내셨다. 쌀은 집에 내려놓고 그 아저씨가 가져온 손수레에 산모인 이모와 아기를 태우고, 입 하나 덜려고 아홉 살인 나를 새 운동화 신겨 뒤따라 걷게 했다.

집에서 출발하는 날이 마침 유엔군과 맥아더 장군이 인천에 상륙한 날이었다. 오는 중에 하늘에는 B-29 폭격기가 낮게 뜨고 기관총 소사하는 중에 그 길을 뚫고 걸었다.

우리는 걸어서 남으로 남으로 뛰듯 오게 되고, 엄마는 '식구들 다 길에서 죽는구나' 하고 울었다고 한다.

한 아저씨는 이불 짐을 메고, 한 아저씨는 이모와 아기가 탄 손수레를 끌고, 어린 나는 뒤따라 걸으며 뛰며 하다가, 비행기가 처마 밑에 닿을 듯 낮게 뜨면, 아저씨들은 손수레를 놓고 논두렁 밑으로 머리를 처박듯 숨었다. 수레에 탄 이모는 아기를 안고 얼마나 힘드셨을지 불 보듯 알겠다.

해가 저물면, 피난 떠나고 빈집 아무 데고 들어가 산모와 아기, 나는 방에서 자고 아저씨들은 밖의 마루 같은 곳에서 잔다. 밤에 자다가 소변 누러 나가 보니 마당까지 피난민이 가득 누워 자고 있다. 아침 식사는 다른 피난민들이 모두 떠난 후, 아저씨들이 그 집 풍로에 불 피워 밥을 하고, 국 대신 쌀뜨물을 진하게 받아서 소금 조금 풀어 밥솥에 넣어 익혀서 산모도 함께 먹고는 출발한다.

아저씨들은 달리기 시작하고 나는 뒤처진다. 가다가 두 갈래 길이 나오면 섰다가 어느 쪽에서든 사람이 오면 이러이러한 사람들 가는 것을 보았느냐 묻고, 보았다고 하면 그 길로 가고 못 보았다고 하면 다른 길로 갔다.

앞서간 아저씨들은 시골 정자나무 밑에서 피난민들을 상대로 하는 참외 장사에게서 참외를 사서 드시며 쉬다가, 내가 도착하면 참외 한 개를 주고 또다시 출발한다. 나는 또 뒤처져 걷는다.

피난길에 입 하나 던다고 걸을 수 있는 아홉 살 나를 딸려 보내니, 산모인 이모를 모시고 가는 아저씨들 눈에 내가 혹으로 보였을 것이다.

애를 잃어버리고 말아도 책임 없다 생각했을 것 같다. 혹이 떨어져도 줄기차게 길도 잘 찾아 따라온다 했겠구나.

그때 피난길은 제 부모도 자식 다 못 챙겨 죽거나 이산가족이 되던 곳이니까. 나는 어쩌면 여아로 태어나 명을 이었던 건지.

천지, 부모, 동포, 법률님께 감사드린다.

오후가 되면 이마에 하얀 가루가 만져진다. 그때는 기관총에서 나온 화약 가루가 묻은 줄 알았다. 지금 생각해 보니 종일 햇볕에 땀이 나서 소금이 되었던 것 같다.

그렇게 일주일을 걸어, 이모님 시댁인 부안 주산면 부골 동네에 도착했다.

들길에 아주 작고 예쁜 나팔꽃 주황색
(컴퓨터 그림, 2008)

외가

〜〜〜

피난 내려와 이모 댁에서 한 10여 일쯤 지낸 것 같다.

사돈 할머니 손에 이끌려 10리 정도 떨어져 있는 외가에 처음으로 갔다. 외가는 마을에서 좀 떨어져 있었는데 여러 채로 이루어진 큰 대 갓집이었다. 그런데 그렇게 큰 집은 처음 보았다.

아직 휴전이 안 된 때라 솟을대문 옆에 점령군으로 생각되는 두 남자가 보초를 서고 있었다. 대문 오른쪽에 행랑채가 있고 왼쪽은 마굿간이 있고, 마당에 들어서니 또 왼편에는 가마 넣는 광, 농기구 넣는 곳, 상엿집 같은 광이 연달아 있다.

중간 안대문 들어서니 왼쪽은 외조부 계신 2층 기와집, 그 안에 연당이 직사각형으로 자목련 나무들에 둘러싸여 있었다. 안대문을 나와 맞은편에도 윗집이라고 또 한 채가 있었다.

오른쪽 대문이 안채로 들어가는 문이었고, 다시 왼쪽에 넓은 광들이 있고, 오른쪽에 큰 광이 있고, 화장실들이 이어 있다. 마당에 들어가니 안채가 있는데, 세 개의 아름드리나무 기둥이 받치고 있는 넓은 마루가 있었다.

외증조모님과, 외조모님, 결혼 전인 두 분 이모님과 잘생긴 막내 외삼촌, 큰 외숙 내외분의 자녀 팔 남매가 본 가족이었다. 집 주변에는 넓은 텃밭과 감나무, 사랑채 옆쪽으로는 대밭과 감나무가 50여 주가 있었다. 천석꾼 집이라고 불렸다.

외가
(종이에 펜, 2019)

외가의 많은 식구들은 아직 휴전 전이어서 불도 못 켜고, 밤에 산에서 내려오는 사람들에게 상할까 봐, 이른 저녁을 해 먹고 식구들이 모두 뿔뿔이 동네 친척 집들 방에 끼어 각각 잠을 자고 새벽에 돌아왔다. 나도 한번 뉘 집에 이모랑 가서 자고 온 적도 있다. 집에는 엄마와 일 도와주는 열네 살 언니만 남아 있었다 한다.

외조부 사랑채
(종이에 펜, 2019)

엄마는 그해 섣달 초이튿날 내 넷째 남동생을 낳았다.

그 넓은 집에 산모와 열네 살 언니랑 둘만 있는 밤에 등화관제라 불
도 못 켜고 깜깜한데, 열네 살 언니가 우물물 길어다 물을 데워 동생을
받았다고 한다. 상상이 간다. 그 언니도 어린데 얼마나 무서웠겠나. 우
리 엄마 어려운 일을 다 도와준, 말로 다 표현할 수 없는 고마운 언니
다. 우리 식구와 고생을 함께 겪은 그 언니는 엄마가 배 아파 낳지 않

앉지만 친언니와 다름없다. 후에 결혼해서 다복하게 잘 살다가 2016년 10월 3일 아침밥 준비하다 갑자기 숨진 언니. 부디 복 받고 좋은 곳으로 잘 가셨길 빈다.

나와 얘기할 상대가 다 떠나고, 이제는 그 시절 알지도 못하는 동생들만.
내 바로 밑 동생이 먼저 가고, 그 밑으로 동생들이 여섯이 있다. 귀하고 귀한 형제들이다.
내 자식 여섯 명도 모두 서로 이해하고 돕고 화목하게 살기를 빌 뿐이다.

외조모님은 여름에 여러 날 감지 않아 엉망이 된, 양 갈래로 땋은 내 머리를 감겨서, 집 뒤꼍 넓은 장독대 앞 넓은 돌에 앉혀 놓고서 가위로 그 긴 머리를 싹둑 잘라주셨다. 그 이후 내 머리는 길러 본 적이 없다.
큰 키와, 부지런한 몸놀림으로 노상 음식을 만들어 많은 식구들을 먹이던 외조모. 우리 모친이, 지금 생각해 보니 외조모님 모습을 많이 닮았던 것 같다.
동네에는 일 도와주고 밥 얻어 가는 분들도 부엌에 가득 들어차 늘 나눠 먹었다. 울안에 샘이 있고, 담 밖으로 꽃밭 샘을 내주어, 바가지로 퍼서 쓰는 그 물줄기가 늘 흘러넘쳤었다.

지난여름, 내 형제 동생들과 그 외가에 찾아가 보았다. 집은 빈터가 되었고 울타리 쳐 놓았고, 주소와 문패가 있고, 밖의 꽃밭 샘은 기둥 세우고 지붕 씌워 우물을 둥그렇게 해서 뚜껑이 덮여 있었다. 근처에 새로 지은 큰 집에서 수도 시설로 삼아 그 물을 끌어다 쓴다고 했다.

**먹구름을 빠져나온 태양 빛이
깊은 나선형을 이루며 찬란히 비추인다, 감동**
(컴퓨터 그림, 2007)

고마우신 큰 외숙

1950년, 그해 초겨울쯤인지, 전쟁통에 서울에 쌀 귀하단 소식 듣고 갑자기, 큰 외숙이 쌀장사를 하겠다고 하셨다. 빚까지 얻어서 빌린 트럭에 쌀을 한 차 싣고 올라가 쌀은 다 풀고, 우리 부모님과 어린 동생들뿐만이 아니라 피난민들까지 한 차 그 트럭에 싣고 내려오게 되었다. 그리고 그 피난민들을 외조부 땅에 거처를 마련하고 살게 하셨다.

그 상황을 보고 외조부는 내 땅을 왜 니 맘대로 하냐 한마디만 하셨다.

만삭의 여동생—우리 엄마—을 고생 안 시키고 데려오려고 느닷없이 쌀장사를 하신다고 하셨던 건지. 그 어른 덕에 우리 가족은 물론, 많은 피난민들까지 무사히, 편히, 피난 오게 되었다.

그 고마우신 큰 외숙은 주산면 갈촌리 화정마을, '임 병 자 남 자' 되시는 분이시다.

친가

〜〜〜

엄마 없이 낯선 외가에 얼마간 있던 나를 누군가가 30리쯤 떨어져 있는 부안군 동진면 당상리의 내 친조모님 계신 댁으로 데려다주었다. 지금은 함께 얘기하고 공감할 사람이 다 가고 시골집에 살던 열 살 위인 막내 고모님이 90세로 사신다.

조모님 댁에는 고모 두 분과 심부름하는 언니가 함께 살았다. 집 뒤꼍에는 장독대 옆에 누렇게 잘 익은 호박이 수북이 쌓여 있고, 마당 옆에 돼지 막에는 커다란 돼지 한 마리가 살고 있었다.

밥때가 되면 조모님은 누렇게 잘 익은 커다란 호박 한 덩이 들고나와 마당에 텅— 던져 깨뜨려서 그 큰 돼지의 먹이로 주신다.

나는 서울서 못 오신 엄마랑 가족들이 먹을 것 없어 피난 떠난 빈집 대문 위에 있던 박 세 덩이를 따서 삶아 먹던 생각이 나서, '돼지도 이렇게 좋은 호박을 먹는구나' 하고 울었다.

내 말을 듣고, 할머님도 함께 우셨다.

늙은 호박
(종이에 수채화, 2018)

그 시절 먹거리

~~~~~~

할머니 댁에 갑자기 우리 가족 일곱 식구가 북적거려 먹거리도 금방 줄었으리라.

온 동네가 흉년 들고 남정네도 전쟁 나가 많이 돌아오지 않고, 비도 안 와 모내기도 호미로 파서 심는 것—서종이라 한다—도 보았다.

하루는 온 동네 사람들이 소나무 껍질 벗기러 변산 간다기에 나도 호기심으로 따라가 보았다.

변산 우슬재라는 곳까지 갔다. 아저씨들이 도끼로 큰 소나무를 찍어 넘어뜨려 놓은 것을 여자들은 겉껍질을 벗기고 속 붉은색 껍질을 벗겨 내 가지고 와 우물가에서 돌바닥에 방망이질로 부드럽게 한다. 그걸 밥할 때 위에 얹어 양념장에 비벼 먹는다(일명 '생키밥'). 질기지만 솔향이 좋았겠다 싶다.

가을 되어서 목화밭에서 목화 베어다 덜 핀 목화는 담 밑에 죽 널어 놓고 햇볕에 말려 가며 터지는 하얀 솜꽃은 티 안 묻게 조심히 빼내고, 덜 여문 초록 다래는 까서 먹으면 달콤했다.

대학 병원에서 본 소나무
(컴퓨터 그림, 2009)

부추밭
(컴퓨터 그림, 2008)

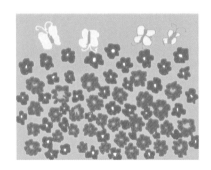

코딱지나물꽃이 흐드러지게도 피었구나
(컴퓨터 그림, 2009)

사랑초꽃
(컴퓨터 그림, 2008)

보통 아닌, 보통의 나날들

독다리 할머니

～～～～～

우리 할머니의 '댁호(집주인의 벼슬 이름이나 처가나 본인의 고향 이름 따위를 붙여서 그 집을 부르는 말)'는 '독다리'다.

6·25 전쟁 후, 아버지 고향에 피난 와서 살 때 본 장면이다. 동네 어린애들이 울면 어른들이 뚝 그치라고 하며, "저기 독다리 할머니 오신다. 주머니 속의 침으로 침 놓는다."라고 엄포한다.

별호는 '신 형사'다. 마을에서 시비가 생기면 냉정한 판단을 내려 주고, 아무도 그 의견에 이견을 달지 않는 공정한 분이셨다.

한번은 "쑥습이 난방이다."라는 표현을 썼더니 할머님께서 '익을 숙 熟' 자, '숙습熟習'이라고 정정해 주시었다. "습관이 익으면 아무 데서나 그 버릇대로 나오니 조심해야 한다."라는 거지.

내가 태어나기 한 달 전 조부께서 돌아가셨다. 조부께서 큰어머니에게 양자 드셨기에 조모님은 '양養시어머니' 시집살이를 하시었다.

그 시절 새벽에 일어나 구럭 메고 동네 고샅을 먼저 돌면서 개똥을 모아 밭에 거름을 하셨다고 한다.

할머님은 새벽에 일어나시면 쌀 한 바가지 퍼서 들고 동네 한 바퀴 도시면서 어느 집 굴뚝에 연기가 안 나는지, 끼니 끓이지 못하는 집을 찾아내서 그 쌀을 주고 오시는 것이다.

10여 리 떨어진 읍내 장을 씩씩하게 걸어 다니신 분이다.

내 결혼 날을 받자, 시장에 가 광목을 떠다 양잿물에 삶아 넓은 마당 빨랫줄에 널어 하얗게 바래어 이불깃을 만들어 꿰매 주셨다.

성씨가 '납 신申' 자에, 이름이 '꽃부리 영英' 자 '비 우雨' 자로 이름도 예쁜 '신영우'시다. 팔 남매 낳아 길러 내신, 동네에서 정도 많고 꼿꼿하게 품격을 유지하신 분이다.

팔 남매 중 막내딸인 고모님 한 분이 지금 구순으로, 오늘도 목단 한 송이 활짝 핀 그림을 그려서, 카톡에 올려 주시는 따님이 계신다.

국화 두 송이
(아이패드 그림, 2021)

칠성골 할머니

우리 조모님의 언니는 칠성골 사신 분과 결혼을 하고 친정에서 아직 신행하기 전 남편이 돌아가셨다. 오빠 되시는 분이 남편 없는 시집살이를 어떻게 하겠느냐고 말려 평생을 친정에서 독신으로 사시다 가신 분으로 유명했다. 그 할머님 또한 엄격해 조카며느리들도 그 앞에서는 기가 죽은 듯 조심하시는 모습을 보았다.

거기 비하면 우리 할머님은 봄바람이었다. 매사 여장부로 보였다. 우리 할머님은 친정 가시면 아랫사람들이 기를 조금 펼 수 있는 반가운 어른이었다.

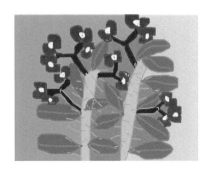

금년에도 강인하게 피워 낸 꽃기린
(컴퓨터 그림,2009)

아버지 어릴 때

~~~~~~~

아버지는 여덟 살에 우리 큰아버지 손에 이끌려 도회지인 군산, 외삼촌 댁에 맡겨져 보통학교와 군산중학을 다니셨었다. 큰아버지께서 가실 때 또 오마 하고 가시었을 테니, 늘 저녁 무렵이면 심부름하는 소년 따라 군산역에 나갔다. 고향 집에서 아버님─내 조부님─이나 형님─내 큰아버님─이 행여 오실까 하고 따라가 기다리신 것이다.

일제 강점기였고, 외삼촌 댁은 유랑 극단들 또는 석금성 씨 같은 옛날 배우들이 한 달씩 묵기도 하던 여관이었다.

아버지가 빈방에서 자다 손님이 들어오면 아버지가 자고 있던 따뜻해진 방을 손님에게 넘겨주고 아버지는 불 때지 않은 방으로 옮겨 가며 자다, 따뜻해질 때쯤 또 손님이 들면 다시 아버지는 차가운 방으로 옮겨 자기를 하룻밤에도 몇 번씩 하는 생활을 하셨다. 땔감 절약하느라.

외삼촌께서 혹 우편물 부치는 심부름을 시키실 때는, 다섯 번은 다시 불러 주의를 주시고서야 집을 나설 수 있었단다. 우체통에 넣고 바로 오지 말고 '텅' 하고 바닥에 떨어지는 소리를 확인하고 오라고 철저히 가르치셨다 한다.

90세, 막내 고모님께 전해 들었다.

깃발 같은 해바라기
(컴퓨터 그림, 2008)

보통 아닌, 보통의 나날들

2020년 2월 24일, 월, 맑음

1953~1954년경 부안 동진면 당상리 할머니 댁에서 살 때다.

그때는 쥐를 피하려고 광 속 커다란 항아리에 가을 추수한 곡식을 담아 두었다. 봄이 지나 얼마만큼 곡식을 먹고 아래쪽에 조금 남았을 때 팔이 깊이까지 들어가지 않으니, 나처럼 적당히 어린 아이를 그 항아리 속에 넣고 바가지로 퍼내게 했다. 밖에 있는 어른이 그것을 받아 그릇에 옮겨 담아내는 것이었다.

두부 만들고 남은 콩 지게미를 지게에 짊어지고 집집마다 돌아다니면서 두부랑 함께 팔기도 했다. 두부는 좀 비싸니까 비지를 덜어 사서 김치랑 멸치 넣고 비지찌개를 해서 입 많은 식구 배를 채우기도 했다.

당시에는 그냥 흰쌀로만 밥을 한다는 것은 있을 수 없는 일이었다. 제삿날에 '메 진지(조상님이 드시는 밥을 일컫는 밥)'나 할 수 있는 일이다. 보리밥은 기본이고, 쑥밥, 무밥, 김치밥, 시래기밥, 생키밥, 콩나물밥 등, 밥만 있어도 다행이고 나물죽 같은 것을 먹었다.

우리 집에 어떤 잘 모르는 아주머니 한 분이 쑥을 몽땅 뜯어다, 마루에 수북이 쏟아 놓고 다듬는 모습도 보았다. 들에서 나물 뜯어서 가지고 와 손질해 주고 밥을 얻어먹거나, 부엌일 돌봐 주고 밥 한 끼 먹고 가는 일도 있었다.

옛날 시골 방법으로 국수나 수제비 먹을 때 반찬용으로, 나는 요즘 제주 무 두 푸대(자루) 사다가 짭짤하게 장아찌를 담아 놓았다. 쌀도 석 달 이상 먹을 수 있게 준비해 두었다.

감자 상자에 넣어 놓은 방부제용 사과가
제 역할을 다하고
(컴퓨터 그림, 2009)

우렁

가을이 되고 논의 나락(벼)을 베고 나면 빈 들이 된다.

논바닥에 작은 구멍이 보이면 꼬챙이로 쑤셔 우렁을 잡는다.

농약이 있는 때도 아니었으니 우렁이 많이도 있었다.

집 우물가에서 우렁을 방망이로 깨드려 속살을 골라낸다.

소금 조금 뿌려 바닥에 문질러 느른한 점액을 벗겨 헹궈 내고 된장 국을 끓인다.

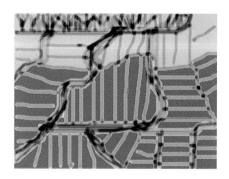

집 근처의 들
(컴퓨터 그림, 2008)

미꾸라지

마을 앞에는 넓은 방죽이 있었다.

가끔 산 밑 외딴집에 사는 동네 오빠가 대나무 끝 쪽에 삼각형으로 망을 씌운 그물을 방죽에 던져 앞으로 끌어당기면 붕어가 들어 있다. 붕어만 주워 가고 미꾸라지들은 버리고 간다.

내가 그 미꾸라지들을 주워다 엄마에게 가져다드리면 삶아서 서너 살쯤 되는 남동생에게 먹였고, 돼지 새끼 사산한 것도 삶아 남동생을 먹이는 걸 보았다. 6·25 후, 흉년에 먹을 것이 귀한 때 그런 식으로 단백질 공급을 한 것이다.

그 덕인지 남동생은 겨울이면 꽁꽁 언, 집 앞 방죽을 양말도 없이 고무신만 신고 건너서 10리쯤 떨어진 국민학교를 다녔는데 동상도 걸리지 않았고, 건강했고, 후에 키도 190센티미터쯤까지 자랐다.

당오학교

~~~~~~

서울에서 3학년 다니다 6·25 전쟁으로 시골 할머니 댁에 피난 와 살때다. 2학기는 집에서 놀고 이듬해, 마을에서 2킬로미터 정도 떨어져 있는 당오국민학교를 다니게 되었다. 유리창도 없는 교실이 두 칸 있었다. 사택에 선생님 한 분이 사셨고, 교실 한 칸에 두 학년씩 갈라 앉혀 공부를 했다.

교실 벽에는 붓글씨로 양사언의 시조가 쓰여 있었다.

태산이 높다 하되 하늘 아래 뫼이로다
오르고 또 오르면 못 오를 리 없건마는
사람이 제 아니 오르고 뫼만 높다 하더라

겨울에는 추워서 뒷동네에 있는 용하동 동청(마을회관) 불 때는 방으로 옮겨 가 수업을 했다.

기억나는 것이라고는 구구단 외운 것과 양사언 시조가 전부다.

이듬해 봄 10리 정도 떨어진 부안국민학교로 전학을 했다. 5학년으로.

10리(4킬로미터)를 걸어 길옆에 야산을 지나는데, 먹을 만한 열매 까치밥나무 한 그루 없는 곳을 지나오다 보면 심심하다. 봄에는 '삐비(삘기)'라는 풀이 있어, 그것의 속살이 통통한 것을 골라 뽑아 껍질을 벗기면 하얀 속이 부드럽고 달콤한 맛이 있어 재미있었다.

강아지풀 그리려고 했는데 보리가 된 느낌
(컴퓨터 그림, 2009)

화장지

할머니 댁에는 모시밭이 있었다.

여름 지나 키가 커진 모싯대를 베어다 우물 옆쪽 마당에 쌓아 놓았다. 그것을 꺾어 껍질을 벗기고 막대는 말려서 땔감으로 쓰고, 속껍질은 따로 묶어 빨랫줄에 걸어 말리고, 겉껍질은 또 말려서 변소 옆 담 위에 걸쳐 두고, 필요할 때 몇 줄씩 잡아당겨 돌돌 말아 뒤처리를 했다.

전에는 호박잎이나 짚풀 부드러운 것을 말아서 쓰기도 했다 한다.

제주도에서는 감나무를 변소 옆에 심어 그 잎을 썼다는 말도 들었다.

지금은 공중화장실마다 두루마리 화장지가 준비되어 있는 세상을 산다.

장독나물꽃
(컴퓨터 그림, 2007)

모시 작업

겨울에는 방에 모여 앉아 모시 작업(베틀 작업 전에 실 뽑는 과정)을 한다. 먼저 모시 줄기 말린 타래를 손톱으로 가늘게 짜갠다. 그러고 난 뒤 짜개진 타래를 실로 길게 만드는 것이다. 우선 조각조각 길게 찢겨 나눠진 실타래 끝에 침을 발라 무릎에 대고 손바닥으로 비벼 밀어 실과 실 끝부분을 잇는다. 그렇게 이은 것은 옆에 둥근 체를 놓고 헝크러지지 않도록 둥글게 널어놓아서 모이면 수수깡으로 만든 실패에 감아 실꾸리를 만들어 놓고, 다시 베를 매어 짠다. 밑에 화롯불을 약하게 하고 실에 솔의 풀을 묻혀 밀고 감아 주고 해서 베틀에 매어 짜게 된다.

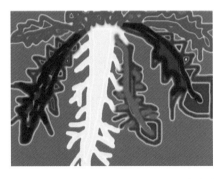

한겨울에도 왕성하게 뿌리 내린 냉이
(컴퓨터 그림, 2008)

가마니 짜기

〰〰〰〰

6학년까지 시골 할머니 댁에 살았다. 내 또래 친구들은 다 일을 하느라 바쁘다. 겨울 되면 방 안에 가마니틀을 놓는다. 짚을 잘 다듬은 것을 틈나는 대로 작업한다. 두 사람이 짝이 되어 한 사람은 씨줄 사이를 벌려 주고, 한 사람은 대나무 끝을 코바늘처럼 만든 곳에 날줄 되는 짚을 걸어 밀어 넣는다. 그러면 또 한 사람은 내려서 탁 하고 밑에 다져 짜 준다. 박자 맞추듯 하면서 일을 해 장에 내다 판다.

여자애들도 열 살 무렵부터 무슨 일이든 돕느라 놀지 않았다. 나는 같이 놀 친구가 없어 심심해서 큰집, 작은집 동생들을 업고 마을 앞 시조 묘 앞 넓은 공터에 가기도 하고, 여름에는 정자와 모정 등에 간다. 어른들은 집에서 일하고, 나는 공부할 일만 있는데 공부 욕심도 없었다. 그저 어머니의 향학열 덕분에 진학을 하고 남보다 많은 학업을 마치게 된 것이 부끄럽다.

퇴비 만들기

~~~~~~

50~60년대는 비료가 없던 때라, 여름에는 무성한 풀을 베어다가 쌓아 놓고 분뇨를 끼얹어 가며 탑 쌓듯 퇴비를 만들어 썩힌 것을 논밭에 거름으로 내어 작물을 심고 가꾸어 먹었다.

집 울 안팎에다 오물통을 비치해 받아 삭힌 뒤 밭의 거름으로 썼다. 여름 방학 끝나고 개학할 때면 풀을 한 짐씩 가져오라는 일도 있었다. 지금은 사라졌지만.

한번은 아버지께서 통조림도 들어 있고 곤약처럼 포장된 커피도 들어 있는, C-레이션(군대의 전투식량) 박스를 군청에서 받아 오셨다. 그때는 커피도 마실 줄 몰라서 그냥 찍어 먹으니 맛이 쓰기만 했다.

군복 윗도리 등 부분에 사선으로 칼자국 난 것을 미싱(재봉틀)으로 기워 놓은 옷도 있어, 내가 겨울에 코트처럼 입고 학교에 갔었다.

초가집 지붕 이엉

~~~~~~~

지금은 지붕 개량하고 아파트 생활을 주로 하니 초가집이 거의 남아 있지 않아, 나래(이엉) 엮어 초가집 짓는 기술 가진 분이 많지 않다고 한다.

50~60년대 시골에서 추수 끝나고 한가한 늦가을쯤에는 동네 아저씨들이 마당에 마른 볏짚을 가져다 놓고 나래를 엮는 것을 보았다. 밑동 쪽만 길게 엮어 둘둘 말아 놓고, 용마름 얹을 것과 담 위에 덮을 것은 다르게 양옆으로, 나락 열린 부분이 중심으로 가게 엮어 길게 만들어 씌우는 큰일을 해야 겨울에 폭설이 내려도 안심하고 살 수 있다.

그러면 묵은 지붕 위에 새 짚을 옷 지어 덧입힌 것처럼 보기 좋다.

눈 오는 겨울엔, 무청 달린 거들거들한 끌물 싱건지(소금물에 삼삼하게 담근 무김치)를 땅에 항아리 묻어 담은 것을 넓은 양재기(양푼)에 퍼 담고, 고구마를 쪄서 따듯한 방 안에서 같이 먹고는 한다.

밤이면 동네 오빠들은 사다리로 벽에 올라가, 지붕 끝 참새 집에 손을 넣어 참새를 잡아내기도 하고 알도 꺼내 가기도 한다.

먹을 것들이 귀하던 때라 참새고기도 맛있는 부식이 되었고, 포장마차에서도 참새구이를 팔곤 했었다.

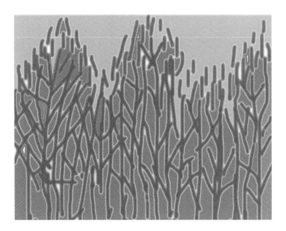

무제
(컴퓨터 그림, 2008)

보통 아닌, 보통의 나날들

교복

~~~~

1954년 봄, 내가 중학교 입학하던 때다.

조모님 댁에서 우리 부모님과 우리 형제가 함께 살고 있었다.

내가 여중 입학을 앞두었을 때, 조모님이 함께 10리를 넘게 걸어 부안읍의 양장점에 가서 교복을 맞춰 주셨었다. 할머니는 3년은 입혀야 한다 생각하시고, 자라는 아이니 넉넉하게 치수를 재라고 이르셨다. 우리 할머니는 큰손녀가 중학교를 간다니 좋으셨던가 보다.

엄연히 어머니가 있건만 경제권은 할머니가 쥐고 계신 때였다. 그렇기도 했지만, 직접 데리고서 교복이란 걸 손수 맞추어 주신 할머니 마음을 지금에야 알 것 같다. 우리 아버지의 큰딸로 말 없는 사랑을 할머니에게 받았구나. 감사합니다.

6·25 전쟁 피난으로 할머니 댁에 식구들 데리고 들어 온 아들.

먹는 것부터 이것저것 비용도 크게 들었을 것이다.

참 감사합니다.

유채꽃과 벌
(컴퓨터 그림, 2008)

보통 아닌, 보통의 나날들

재봉틀과 우유

~~~~~~~~~~

1954년 부안여중 1학년 때.

송 반, 매 반, 두 학급 중 나는 매 반이었다.

미국에서 재봉틀 한 대와 두꺼운 종이 드럼통으로 드라이 우유 원조를 받기도 했다.

선배 언니들이 1인당 한 양재기(양푼)씩 퍼 나누어 주었고, 집에 가져와 밥솥에 쪄서 뚝뚝 떼어 먹었다. 교장 선생님이 재봉틀은 사택에 두고 몇 사람씩 사택에 데리고 가 사모님이 가르쳐 주도록 해서, 우리는 발틀(발을 놀려 돌리는 재봉틀)을 사용할 수 있게 되었다.

학교에서 우리 학생들에게 원조에 대한 보답을 하자고, 미국은 골프장이 많아 잔디가 많이 필요하다며 들에 있는 잔디 씨앗을 받아 모아 오게 했었다.

풀꽃과 맨드라미
(컴퓨터 그림, 2008)

보통 아닌, 보통의 나날들

솔방울

~~~~~

　전쟁 이후 시골 할머니 댁에 살던 10대에 놀 만한 친구는 다들 집안 일들을 돕느라 바빠 나는 혼자 놀았다. 할 일이 없던 나는 동네 오빠들 이 낮은 산에서 솔가리 나무하는 데 따라다니면서 놀기도 했다. 그들 이 갈퀴로 솔잎들을 긁어모아 단단하게 뭉쳐 지게에 짊어지고 돌아와 불쏘시개를 하는 것을 보았다. 솔방울 주워 모아 불 피워 화로에 담아 인두를 묻어 바느질도 했다.

　나도 60~70년대 연탄불을 피울 때 장에서 솔방울을 포대로 사다 불 쏘시개로 썼다. 불땀이 좋아 금방 사그러들지 않는다.

소나무 그루터기에 핀 운지버섯과 솔방울
(컴퓨터 그림, 2008)

진서리 큰집

부안 곰소 옆에 진서리라는 마을에 우리 조부님의 형님 댁이 있다. 그 댁은 마을에서, 먹고살 만하게 잘살았다.

6·25 전쟁 중에 우리 막내 고모님이 그 큰집에 피난을 갔을 때 보고 들은 것이라 한다.

오전에 벼 베어다 훑어 솥에 쪄 말려 익지 않은 벼를 방아로 찧어 둘로 나눈다. 한 그릇은 밤손님들이 총 가지고 오면 줄 것으로 두고, 한 그릇은 식구들 먹을 것으로 남겼다 한다.

고모님이 큰어머니께 여쭈었었단다. 왜 한 번에 다 찧지 않고 조금씩 나누어 찧느냐고. 밤에 빨치산들이 내려오면 있는 것 다 줘야 하는데 그러면 우리가 먹을 것이 없어지니 날마다 조금씩 찧는다고 대답하시었단다.

한번은 방에서 바느질하고 있는데, 치마 앞에 총알이 떨어지는 일도 있었다고 한다.

팔 남매 중 막내딸인 고모님은 나보다 열 살 위이시다. 90세인 지금도 시력이 좋아 색연필로 그림도 잘 그리신다.

오늘도 목단 한 송이 활짝 핀 그림을 그려서, 카톡에 올려 주신다.

돌나물과 그 꽃
(컴퓨터 그림, 2008)

나의 소중한 막내 고모님

열 살 위 막내 고모님이 구순이다.

우리 아버지의 사랑을 듬뿍 받은 고모는 다섯 살에 천자문을 옳게도 외고 거꾸로도 외웠다는 분이며, 우리 엄마는 늘 "너희 고모 반절만 닮아라." 하고 노래 삼았다.

내가 초등 2학년 겨울 방학 때 검정 치마와 노랑 저고리를 손수 꿰매 나에게 입혔고, 우리 형제 감기, 설사에 할머니 몰래 학교 앞에서 아스피린과 구아네징(일정 때 일반 가정에서 사용하던 기본 비상 약품을 일컫던 말)이라는 설사약 심부름도 영리하게 잘해 주어 낫게 했다.

내가 부여에 살 때 내 아이들이 병나면, 부여 병원에는 여러 번 가도 효과를 못 보았다. 그래서 전주에서 양장점하며 바쁜 고모에게 편지를 써서, 그 시절 전주에서 유명했던 박소아과 약을 지어 우편으로 보내 주셨다. 그 약을 먹고 아이들 병이 나았다.

고모는 수도 잘 놓고, 뜨개질 솜씨도 좋고, 한복 두루마기도 잘 만드시고, 양장점도 한 20년 하셨다.

세월이 흘러 고숙도 내 남편도 돌아가시고 혼자 된 고모와 나는 그림 그리는 재미로 산다.

얼마전 고모 댁에 갔더니 옛날 조부께서 써 주신 글씨로 비단에 수 놓은 수젓집을 보여 주신다.

요즘도 그림 그려 카톡으로 보내 주신다.

고모님이 수놓은 수젓집

풍년초 나물

6·25 전쟁 후 3년간 흉년이 들어, 먹을 것이 부족해서 지천으로 널린 쑥, 냉이, 달래, 코딱지나물(광대나물) 모두 먹거리가 되었다. 거기에 '담배나물' 또는 '망초대'라고도 하고 요즈음엔 풍년초로 알려진 나물을 4~5월에 연할 때 채취한다. 그러고는 잘 씻어 데쳐, 된장 고추장에 들기름이나 참기름 조금 넣고 무쳐 먹으면 나름 먹을 만하다. 보드랍게 된장국으로도 끓여 먹는다. 요사이는 농약을 사방에 많이 쳐, 농약을 피해서 뜯어다 무쳐 먹는다. 어릴 때 기억으로 도라지, 고사리, 취나물은 귀한 나물이었고, 지천으로 널려 있는 이 나물을 봄이면 자주 해 먹었다.

흐드러지게 핀 망초꽃
(컴퓨터 그림, 2008)

구황 식물

~~~~~~~~~~

내가 존경하는 분은 길 가다가 쑥을 밟지 않으신다고 들었다.

나라가 어려웠던 40~50년대에 쑥이 우리 밥상에 자주 올랐다. 밥도 하고 국도 끓이고 떡도 하는 유용한 먹거리로 너무도 소중한 나물이었다.

또 아카시아꽃도 밥을 할 때 넣어서 늘궈(늘려) 먹던 고마운 식용 꽃이다.

바다에는 나무재(나문재 혹은 함초)라는 빨간 풀이 난다. 그것을 채취해 끓는 물에 데치면 녹색으로 변한다.

밥할 때 쌀 위에 얹어 밥을 해서 양념장에 비벼 먹기도 한다.

몇 년 전 부안 변산의 바지락죽으로 유명한 맛집에서 나물무침으로 나온 것을 보고 반가웠다.

6·25 전쟁 후 시골 할머니 댁에 살 때 먹어 보았던 그 나물이 그곳 상에 올라와 반가워 맛있게 먹었던 기억이 난다.

우리 산천에는 많은 구황 식물들이 있다. 잘 보고 채취해 사용하면 먹거리로 유용하다.

아까 그린 것은 실패로 저장 안 되고,
다시 그렸는데 잘 안되었다
(컴퓨터 그림, 2009)

생각 떠올리기—양하

옛날, 부안 동진면 당상리 할머니 댁 살 때 앞집은 '양천동댁'이고, 그 옆집은 '포롱동댁'이고, 뒤로 돌면 '쟁가리댁'인데, 우리 우물 옆 담 넘어 집을 기억한다.

'기억하는 이놈이 나인 것인가?'

'이놈이 마음인가?'

'잊고 수십 년을 살았는데 갑자기 그곳 주변 집 댁호를 생각하지?'

그곳 살 때도 그 집들을 들어가 보지는 않았다. 우리와는 타성他姓으로 김씨들 집안이고 아이들도 나와 놀 만한 누가 없었다. 다만 할머니가 그리 불렀기에 알지, 그 댁 사람들 얼굴도 알지 못한다.

단지, 앞집 낮은 담 안에는 처음 보는 '양하'라는 식물이 자라고 있었다. 잎은 생강잎 비슷한데, 추석 무렵이면 뿌리를 캐서 고기 꼬챙이 사이에 꿰어 지짐이나 찜도 해 먹고, 탕에도 넣어 먹기도 한다. 우리 집 대소가는 그런 음식을 해 본 적이 없어 모르는 식재료다. 후에 결혼하니 손위 동서분이 전주 살던 분으로 추석 장에 그것을 한 됫박 사와 향수를 불러일으키었을 뿐이었다. 향이 독특하고 식감이 질겨서 나는 즐기지 않는다.

부추꽃
(컴퓨터 그림, 2009)

1942년부터 1964년까지

할머니 허리 밟기

<hr>

옛날에는 안방 아랫목 선반 아래에, 외출하고 와서 두루마기 등을 걸어 놓는 횃대가 걸려 있었다. 허리 아프신 할머니께서 누워 계시면 그 횃대를 붙잡고 할머니의 허리와 다리를 한쪽 발로 자근자근 살살 밟아 드리면 시원해하셨었다.

50년대 중반이다. 10~20리 걸어서 장보기를 하던 때, 나이 들어 관절들이 노쇠하고 아파도 특효약이 없었다. 지금이야 쉽게 진통제도 먹고 파스도 붙이고 하지만. 그때는 손주들이 오면 누구나 할머니 허리를 밟아 드렸다. 나도 동생들도.

내 나이 지금 일흔아홉 살.

지금은 척추 4, 5번 협착증으로 허리가 구부러지는 환자다.

그래서 지팽이(지팡이) 짚고도 가까운 거리도, 쉬엄쉬엄 잠깐씩 앉을 만한 곳을 찾아 걸러앉아 1분이라도 멈춰 쉬었다 다시 걷는다. 걸어서 집 앞 한의원까지 가서 물리 치료, 침 치료를 받고 올 때는 다행히 좀 가볍게 걸어온다.

하루걸러 치료받으러 다니는 복을 누린다.

마거리트꽃
(컴퓨터 그림, 2008)

전염병

～～～

1950년 전쟁으로, 시골 할머니 댁에 살 때였다. 우리 집뿐 아니라 근
동 부잣집 혼사 중매도 다 하고 비선도 해 주던 분이 계셨다. 그런데
머리를 흔드는 병이 있었는지, 늘 체머리를 흔들어 일명 '흔들이 노인'
이라 불리는 분이었다.

우리는 형제가 많아 늘 누군가 머리가 아픈 사람 한 사람쯤은 있었
다. 그러면 할머님은 이웃 마을 사는 그 흔들이 노인을 초청하신다. 그
흔들이 노인은 쌀을 한 바가지 가득 담아 보자기에 꼭꼭 싸서 머리와
이마 여기저기를 눌러 주며 주문을 외운다. 그러면 한참 동안 눌렀으
니 쌀이 한쪽으로 쏠려 있다. 그것을 '잔밥 먹었다'고 한다. 환자는 관
심받고 주문 외워 가며 보호자들이 지켜봐 주니 심리적으로 안정을
얻게 되어 차도가 있기도 했다.

그리고 체했다 하면 우리 할머니는 왕소금을 한 움큼씩 먹게 한다.
그러면 위 속의 음식이 삭아 내려가는지 그 많은 양의 소금으로 치료
를 하고 살았다.

우리 어머니는 국민학교 4학년까지밖에 학교 공부를 못 하셨지만,

집에 가정교사를 두고 한문 공부를 하셨었다. 약 대신 소금 한 움큼을 먹는 게 옳지 않다는 것쯤 알았지만, 시어머니를 거역할 수 없었다.

막내 고모님이 부안 동진보통학교를 다닐 때, 우리 어머니가 어른 모르게 학교 앞 구멍가게에서 아스피린이나 설사약인 구아네징을 사다 달라고 부탁하면 눈치 있고 영리한 고모는 그런 심부름을 잘 해 줘서 우리 형제들 열나면 아스피린을, 설사하면 구아네징을 먹고 나아지곤 했다.

전쟁 후 흉년에 가뭄, 천연두로 동네 어린아이들을 많이 잃었다. 내 동생과 사촌 동생도 갓난이들인데 천연두가 심했다.

읍내 병원 원장님이 10리 길 떨어진 집까지 왕진 오셔서 귀한 페니실린 주사로 살려 주시고, 나와 내 밑 여동생은 가볍게 앓고 흉도 지지 않고 살아났다. 바람을 쐬지 않아야 하고, 나을 때쯤 되면 몹시 가려운데, 긁으면 흉이 지니 참아야 했다. 어린 애들은 가려워서 무의식적으로 손을 내둘러 흉이 지니 손을 싸 주어야 했다.

그땐 병원도 약도 귀하던 때라 아기 머리맡에 삼신상을 차려 놓고 빌었다. 우리 엄마는 '아기 얼굴은 얽어도 좋으니 내 앞에서 죽는 꼴만 뵈지 말라' 빌었다.

또 말라리아가 유행하게 되어 나도 여러 번 고생했다. 그 병은 하루는 아무렇지 않다가 하루는 엄청 떨면서 추워한다. 더운 여름에 방에서 솜이불을 덮고도 들썩거릴 정도로 몸을 떠는 병이다.

읍에 아버지가 나가시면 노란 교갑(캡슐)에 든 금계랍이라는 약을 사 오셔서 먹게 한다. 어찌나 쓴지 그 쓰디쓴 노란색 금계랍 약을 먹다 보면 못 넘기고 앞섶에 뱉어 앞섶에 노랑 물이 든다. 귀하고 비싼 약을 못 삼키고 뱉으니 허사라 어른에게 혼이 난다. 약이 귀할 때다. 정말 고약스럽다.

동네 아주머니들은 그 병은 놀라게 하면 떨어져 낫게 된다고, 엉터리로 "너 어제 우리 집 부엌 살강—부엌 벽 중턱에 드린 선반을 말한다, 옛날엔 긴 통나무 두 개를 가로질러서 선반을 만들어 그릇을 설거지해 얹어 놓았다—에서 은수저 훔쳐 갔지?" 한다. 갑자기 이 무슨 소리? 얼굴이 홍당무가 되고 아니라고 항의한다. 그러면 깔깔대고 웃으면서 너 이제 학질(말라리아) 떨어졌다고 하기도 했다.

**내 마음속에서
가득 피워 낼 연꽃**
(컴퓨터 그림, 2008)

보통 아닌, 보통의 나날들

오이 팩

〰〰

1960년대 초다.

내 바로 밑에 여동생은 늘 외가에 가는 것을 좋아했었다.

외숙에게는 딸 여섯에 아들 둘이 있고 집이 늘 웃음꽃이었다.

어느 날 텃밭 울타리에 오이 한 개 자라면 막걸리 안주 하려고 기다
리시던 외숙이 오이가 거의 다 자랐겠다 싶어 보시니, 이미 누군가의
손이 따 가고 없었다.

"누가 여기 오이 손댔느냐!" 하고 소리치시며 갓방(집의 가장자리에 있
는 방)에 보니 내 동생과 외숙의 셋째 딸이 먼저 따다 썰어 얼굴에 붙이
고 나란히 누워 있었다.

난감한 외숙은 그 모습을 보시고,

"이쁘지도 않다. 이쁘지도 않다."

그렇게 말씀하셨다고 한다.

그때는 지금처럼 마을에 마트도 없고 텃밭에 감자, 고구마, 옥수수,
오이, 호박 들을 심어 자급자족하는 때였다.

20리 멀리 걸어가야 생필품을 사는 읍이 있어, 장보기가 어려웠던 때의 일이다. 지금과는 달리 자가용도 마을버스도 없던 때다.

가지
(컴퓨터 그림, 2008)

보통 아닌, 보통의 나날들

껌

1950년 6·25 전쟁 후, 초등학교 다닐 때, 껌을 씹다가 입에서 꺼내어 늘이기도 하고 입에서 풍선을 만들어 불기도 하면서 송진 냄새 나는 껌을 씹고 놀았다.

씹다 질리면 벽에 붙여 두었다가 다시 떼어 씹기도 하고, 동생이나 친구끼리도 나누어 주고 다시 씹기도 했다.

지금으로선 상상도 못 할 일이고 위생상 더러운 일이지만.

그때는 많이들 그랬었다.

무 종다리와 배추꽃
(컴퓨터 그림, 2008)

초 칠해서 교실 바닥 청소하기

교실 바닥을 청소할 때는 으레 의자를 각자 자기 책상 위로 얹어 뒤로 밀어 놓고, 앞에서는 비로 쓸고 뒤에서는 양초를 바닥에 칠하고, 각 집에서 헌 내의 등을 접어 꿰매어 만들어 온 마른걸레로 문질러 윤을 내는 작업을 했었다.

또 장난기 발동하면 선생님 드나드는 문 쪽에 초 칠을 많이 하고 윤을 내어, 누군가 오다가 미끄러져 꽈당 넘어지게 하는 장난도 했었다.

그때는 나라도 전쟁 후, 흉년에 먹을 것도 부족하니 웃을 일이 없었다. 그러니 아이들은 그런 웃음거리라도 찾았던가 보다.

마음 가는 대로
(컴퓨터 그림, 2009)

겨울 손이 틀 때

～～～～～

  50~60년대 겨울이면 찬물로 빨래를 하고 더운물을 쓰려면 나무를 때서 데워야 한다. 밖에서 일하는 사람들은 늘 손이 마를 수가 없어 손등이 트는 일이 잦다. 요즘처럼 핸드크림이 있는 것도 아니고 고무장갑도 없었다.

  볏짚 썬 것에 쌀겨 넣고 물 부어 소죽 끓여 따듯하게 해서 소 밥을 주는데, 그 더운물에 손을 담그면 매끄럽고 손등 상처를 아물게도 한다. 내 손위 동서는 그럴 때 돼지 오줌에도 손을 담그고 아물게 했다고도 한다.

  또 집에서 양잿물 사다 쌀겨를 섞어 검은 빨랫비누를 만들어 쓰기도 하고, 비 오면 낙숫물 받아 머리를 감으면 연수가 되어 머리가 매끄러워진다고 그렇게 많이들 했고, 메주 끓이는 날은 콩물로 머리를 감기도 했다.

  이사하는 집에 갈 때는 성냥 선물을 많이 한다. 그래서 이사하고 받은 성냥 한 보따리를 큰댁에 가져다드렸다.

  시골집은 나무를 때서 난방을 하니 성냥이 많이 필요했지만, 읍내 살림은 연탄을 사용하므로 성냥이 많이 필요 없었다.

겨울 냉이
(컴퓨터 그림, 2008)

보통 아닌, 보통의 나날들

민며느리 노래

~~~~~~

　우리 아버지가 노래 부르시는 걸 한번 들었던 것을 기억한다.

　시골 고향 할머니 댁으로 피난 와서 살 때다. 할머님 생신이었던지,
아버지는 몇몇 친한 분들을 초대해 식사 대접을 했다. 주인으로서 노
래 한 곡을 부르신다.

　지금은 그런 노래 아는 이도 없을 것 같다.

　　　민며느리 삼 년 석 달 고달픈 사정
　　　하소할 곳이 없어 우는 소리를
　　　듣는지 못 듣는지 물레방아는
　　　빙글빙글 돌아갑니다 아아아
　　　스르르 돌며 쿵쿵쿵, 사르르 돌며 쿵쿵
　　　빙글빙글 빙글빙글 방아야 돌아라

　하는 가사가 지금까지 기억이 난다.

　옛날에는 농경시대라 일손이 필요하니, 아들이 어릴 때 며느리를,
좀 못사는 집에서 나이 찬 딸을 들여 일을 시키며, 아들 자랄 때까지 기

다렸다.

　그래 일만 하고 시집살이하는 것을 비유한 노래다.

난
(컴퓨터 그림, 2009)

　　　　　　　　보통 아닌, 보통의 나날들

산싱 또는 산성 빚기

~~~~~~~~~~

전쟁 후 우리 고향, 부안 동진면 당상리에서 살던 때의 기억이다.

다른 계절들은 농사에 바쁘니, 농사짓고 추수 후 겨울철에 대부분 딸들 시집을 보낸다.

폐백으로, 엿을 고아 밤톨만 하게 잘라 콩고물 묻히는 밤엿 한 동고리, 흰떡 뽑아 떡살 찍은 절편 한 동고리, 인절미 한 동고리, 약과, 생선, 동아 정과 등을 각각 한 동고리를 한다.

그리고 꼭 빼지 않는 것 중 한 가지가 있는데, 그것은 '산싱' 또는 '산성'—어려서 입으로만 말하는 걸 들었던 기억이라 이름이 정확하지는 않다—이라고 부르는 궁중에서 내려온 궁중 요리(궁중 병과餠菓의 일종)다.

멥쌀 가루를 그냥 그대로 하얀색도, 붉은색 맨드라미 꽃물도 들이고, 노랗게 치자 물도 들여, 각각 송편 반죽하듯 반죽한다. 그것을 조금씩 떼어 둥근 도래상(둥근상)에 둘러앉아 손가락으로 비벼 면봉처럼 만들어, 색색으로 세 개씩 붙여 놓고 또 붙이고 해서 꽃송이를 만들어 기름에 일군다.

그것을 떡이나 전 같은 음식 위에 '웃주지'로 올려 곱게 장식해서 이

바지를 보내는 전통이 있었다.

꽃다발
(컴퓨터 그림, 2008)

보통 아닌, 보통의 나날들

외증조모님

~~~~~

댁 호가 새양동 할머니이신 나의 외증조모님은 덕인이셨다.
후에 그 새양동 할머님이 재산을 일구어 천석꾼이 되셨다.

내 외증조모님께서는 내 기억에, 안채 안방에 혼자 기거하시면서
별말씀이 없으시고 조용하시었다. 그 뒷방(큰방의 뒤쪽에 딸린 작은방)에
우리 사촌들이 자고 먹고 하며 떠들고 웃고 하면, "너희들은 뭘 웃을
일들이 그리 많으냐?" 하시고는 그만이신 분.

할머님은 아들 셋에 딸 하나 낳아 기르셨는데 그중 큰 아드님이 내
외조부시다. 양념딸(고명딸)이 결혼해서 아들 하나 낳고 죽은 뒤로 얼마
나 많이 우셨던지 한쪽 눈이 실명이 되셨다고 한다.

그 외증조모님이 부안 개암사에 다니셨는데 외조모님과 함께, 추수
하면 첫 곡식은 따로 부처님께 먼저 시주하곤 하셨단다.

나는 불교 의식은 잘 모른다.

사촌 말에 따르자면 외증조모께서는 매월 하루를 일종식이라고 물도 음식도 들지 않고 염불만 하시더란다. 입이 마르니 물이라도 드시라 권해도 안 마시고 염불 일념으로 사시었다고 한다.

남이 배고픈 것을 그냥 못 보고 당신 진지를 조금 퍼 드렸건만 들고 나와 "내 밥에서 한 술 제저(덜어) 내어라." 하시며 밥을 나눠 주시고 뜨거운 물만 부어 마시고 방에 들어가시더란다.

젊어서도 베 장사 같은 일을 할아버지께 권해서 하고, 하는 일마다 잘되어 땅도 사고 집도 지으며 천석꾼 부자가 되신 것이다. '적선지가積善之家 필유여경必有餘慶'이라 했던가.

외가에 처음 아홉 살 때 가 보니 사람이 많아, 넓은 부엌에 여자들이 가득 차 있었던 것을 기억한다. 웃어른들의 공덕이 사람을 불러들였던가 보다.

팔 형제 중 칠 형제만 남은 우리 형제들. 지난 우리 아버지 기일에 제사 모시고 줄포생태학습장 가서 일박하고 그 개암사도 둘러보고 불상도 참배하고, 사진도 찍고, 잘 쉬고 왔다(코로나19가 시작되기 전 일이다).

국화의 일종
(컴퓨터 그림, 2007)

소금

카톡에 들어 있는 친정의 옛날 가족사진을 보다가. 우리 할머니 모습이 다소곳이 곱고, 친정 부모님도 젊은 모습이다.

90에 가까운 막내 고모님이 길 건너 아파트에 살고 계신다. 태풍(하이난) 분다고 밖에도 못 나가시고, 코로나19로 온통 발을 끊는 세상에 어머님 얼굴 회상하시게 가족사진을 보내 드리니 전화가 왔다.

옛날 할머니 병난 얘기며, 고모가 당신보다 세 살 아래인 내 사촌 언니를 학교 갈 때 업고 데리고 다닌 일 등 가족사 얘기를 잠시 나누었다.

할머니는 고혈압이란 병명을 잘 알지도 못했던 시대, 1965년 봄에 돌아가셨다.

그 병은 짜게 먹는 습관으로 온다고 알려졌다.

그러고 보니, 나도 어릴 때 50~60년대 할머니 댁에 살 때, 소화가 안 되면 왕소금을 한 줌씩 입에 털어 넣고 물을 마셨다. 채소를 한 단 절일 수 있는 양을 그냥 입에 털어 넣는 무지한 방법을 늘상 써 왔다.

또 늘 젓갈 독아지(항아리)가 광에 일고여덟 개가 있어 끼니때면 반찬을 했으니 얼마나 여름에 덥고 땀 흘릴 때 많이들 먹었을까.

바로 그 습관이 쌓이게 되고, 또 심적 충격이 있다든가 할 때 발병이 되었던 것이 아닌가.

아침에 일어나니 문득 그 생각이 난다.

남편은 당신 부모님 중풍으로 세상 뜨신 것을 봐서인지, 늘 찌개가 짜다고 화를 내곤 했다. 당신이 젓갈을 좋아하는 식습관은 두고 국, 찌개 탓만 했기에 트집으로만 생각했었다. 그리고 남편은 30대부터 조깅을 열심히 해서 땀으로 배출한다고 했다.

소금같이 좋은 음식을 과하게 사용해 독이 되었다는 것을 알았다.

시면

~~~

    큰외숙모는 나와 언니 이마가 좁아 초년에 고생할 수 있다고 당신 무릎 위에 눕히고, 실을 꼬아 엄지와 검지에 걸고 폈다 오므렸다 하며 양손으로 이마에 솜털을 밀어 내 주곤 했다.

    그걸 '시면한다'고 했다.

매화밭에 민들레꽃과 쑥이 지천이다
(컴퓨터 그림, 2008)

짧은 기억 한 자락

〜〜〜〜〜〜〜

국민학교 5~6학년 때 국어 교과서에 나온 한 장면이 지금도 가끔 생각난다.

시골 마을, 곁에는 토끼장만 있고 문도 없는 어느 집. 남루한 옷 입은 손님이 들어오며 "나는 행복이랍니다." 하고, 뒤따라온 화려한 옷 입은 사람은 "나는 불행입니다." 한다. 그 장면이 가끔 생각날 때가 있다. 왜 허름한 차림을 한 사람은 행복이라 하고, 화려한 옷차림을 한 사람은 불행이라 했을까?

그때는 교과서에 그런 얘기를 소개했다.

전쟁 직후 모두 가난하게 살 때다.

또 하나의 교과서 속 기억은, 학교 공부 끝나고 청소를 마친 한 남학생 이야기다. "강웅구 수고했소. 오늘 청소는 만점이요. 이제 그만 돌아가도 좋소."라고 본인이 스스로 칠판에 썼던 것이다.

그때 담임 선생님이 교무실에 계셨던지.

하여간 그런 글이 소개된 것을 기억한다.

잃어버린 이불

내가 군산여고 1, 2학년 때 기숙사에 들어가 살 때다.

부안 집에서 이불을 새로 만들어 베개랑 같이 이불보에 얌전히 싸고, 두레박 끈 같은 것으로 열십자로 단단히 묶어 아버지께서 네 귀퉁이를 바늘로 꿰매라고 하시어 들기 좋게 꿰매고 단단히 준비했다. 그리고 그것을 들고 부안읍에서 김제역을 거쳐서 군산 가는 버스에 탔다.

뒷자리 공간에 이불 짐을 싣고, 그 옆에 앉아 지키고 갔어야 했는데, 기사 바로 뒷자리인 앞자리에 부안여중 동창이 있어 그 옆에 앉아 함께 얘기하며 가다가 군산 터미널에서 이불 짐을 찾으니 없다.

그때는 버스에 조수가 있을 때다. 조수에게 내 짐이 없다고 하니까, 김제역에서 이리 상고생이 내려갔다고 한다. 모자에 교표가 있으니 알 수 있다.

찾을 방법을 연구했어야 했는데, 늦게 도착했고, 어쩌지 못하고 기숙사로 그냥 돌아오고 말았다.

파출소에 신고하고, 일단 찾아 달라고 했어야 하는데 아무 조치도 못하고 기숙사로 돌아왔다.

보통 아닌, 보통의 나날들

쑥갓꽃
(컴퓨터 그림, 2008)

대전에 사는 친구

<hr>

　이불을 버스 안에서 잃어버렸기에, 기숙사에서는 대전에 사는 친구의 이불을 함께 덮고 지냈다.

　이불을 잃어버렸다고 집에는 말도 못 하고 시간이 흘렀다. 기숙사를 폐업하게 될 때까지 그 친구와 동침을 한 것이다.

　3학년에는 학교 담 밖에 진외가(아버지의 외가)에서 진외가 사촌들과 함께 1년을 살며 신세 지게 되었다. 졸업하고 나는 대학교에 입학했다.

　작년 가을, 전화 한 통이 왔다.

　낯선 남자분 목소리여서 의아했다.

　대전 사는 친구 남편이라고 했다.

　우리 집 유선 전화를 없애 버려서 내 핸드폰 번호를 몰라, 군산 친구에게 번호를 물어 전화를 했다고 한다.

　친구가 치매가 왔다고 하며, 보고 싶다고 한단다.

　어쩐지, 설 쇠고 전화하는데 같은 얘기를 세 번씩 묻던 것이 이상하게 생각되었었다.

　가을에 날도 추워지고 허리가 아파서 얼른 가겠다는 약속을 못 하고, 다음에 "꽃 피는 봄에 가 볼게요." 했다.

차 타면 멀지도 않은 대전인데, 내가 척추 협착증이 와 걸음이 자유롭지 않아 얼른 가 보겠다는 말을 할 수가 없었다. 그리고 설도 지나고 봄도 지나고 여름이 왔는데, 코로나19가 전 세계를 휩쓰는 세상이 왔다.

친구의 치매가 더 심해지기 전에 한번 만나야 한다.

나는 허리가 굽어 조금만 걸어도 쉬어야 하고, 허리를 뒤로 젖히면서 간신히 집 앞 한의원에 다녀오곤 한다.

그쪽에서는 올 수 없을지, 이 말을 건네 보아야 할지….

대전 모임도 이제 내가 잘 걷지 못하니 전주로 와, 하룻밤 지내고 결산하고 마무리하자고 한다.

이제 80 이쪽저쪽 나이라 장담을 못 한다.

코로나19 때문에 사람 만나는 것을 꺼리는 사회가 되었다.

자식도 몇 달이 되어도 만날 수 없는 세상이 되어 난처하다.

친구의 은혜를 잊는 내가 되었구나.

바람개비같은 원추리꽃
(컴퓨터 그림, 2008)

보통 아닌, 보통의 나날들

그네뛰기

~~~~~

　1950년대 말, 내가 고등학교를 졸업할 때까지 군산여고에는 5월 단오날, 아래 운동장에 그네를 매어 그네 높이 뛰는 대회를 했다.

　운동장이 위에 있고 중간에는 자연석으로 된 계단들이 있어, 체육복으로 갈아입은 학생들이 앉아 응원도 하고 노래도 부르는 축제를 했었다.
　김제에 사는 우리 친구가 늘 해마다 1등을 하곤 했었다.
　보통 그네 발판에 끈을 달아 높이를 재는데, 10~12미터를 올라가는 강심장이었다. 그네가 오르내릴 때 소리를 지를 만큼, 보는 이도 아찔하다.
　나는 그네도 못 뛴다. 친구는 어지러울 텐데 잘도 올라간다.
　한복으로 갈아입고 춘향이 그네 타는 것처럼 높이 올라가는 그 모습, 아름다웠다.

　후에, 쌀 한 가마값 지불하고 마당에 그네를 만들어 우리 딸들 넷이 타고 놀게 했다.

훗날 네 딸 중 하나가 춘향이로 뽑혔다.

못가에 핀 창포꽃
(컴퓨터 그림, 2007)

보통 아닌, 보통의 나날들

세수수건

~~~~~~

지금은 광목천이 흔하고 타월도 고급이지만 내가 어릴 때는 6·25 후까지도, 목화 농사를 지어 실을 만들어 베를 짠 것으로 옷도, 버선도, 이불깃도 다 자급자족 했었다.

세수수건도 무명베 두 자(60센티미터) 끊어 중간에 고리 만들어 벽에 다 못을 쳐 걸어 놓고, 온 식구들이 다 세수하고 그 한 장에 얼굴과 손을 닦고 살았다.

딸 결혼시키려면 미리 혼수용으로 목화를 길러 이불솜도 장만했다. 결혼 답례용으로 아가씨는 손수건 크기로 광목천을 잘라서 귀퉁이에 예쁜 수실로 수를 놓아 한 장씩 선물도 했다.

백일홍 (일명 과꽃)
(컴퓨터 그림, 2010)

1942년부터 1964년까지

결혼 전 받은 편지

~~~~~~

결혼 전에, 남편과 함께 근무하시던 동료 한 분이 우리 집으로 편지를 보냈었다.

내용은 남편감이 술을 많이 하면 주사가 있으니, 소주는 한 병 이상 안 되고, 정종은 얼마 이상은 안 되고 하는 식으로 자세하고 친절한 설명을 한 내용이었다.

그 당시 선 한 번 보고 한 달 만에 결혼식 날을 잡은 스물세 살의 어린 처녀에게 그분은 그때 그 편지를 왜 보내셨는지 궁금하다. 지금도 그때 그 편지 얘기를 물어보고 싶다. 다 지난 얘기지만!

아무것도 모르고 결혼하는 아가씨가 안타까웠을까?

8년 전 남편은 먼저 떠나고 지금은 싸움 벗도 없이 살고 있다.

접시꽃
(컴퓨터 그림, 2008)

화주 할머니

1964년 6월 5일. 나 결혼 날 아침에 어머니는 밥 먹자고, 밥 한 그릇을 담아 오셔, 밥 생각도 없는 신부가 어머니와 몇 술 함께 떠먹었다.

우리 집에 수십 년 다니는 무주 ○○사에서 화주 일을 보는 분. 그분이 늘 인삼이고 지초를 이고 와 사라고 해서 없는 돈에 사게 되고, 무슨 일이 있으면 공들이라고 와서, 우리는 다른 믿는 곳에서 공들인다고 해도, 알지만 신수 풀이해야 한다고 막무가내로 우겨, 어쩔 수 없이 하게 하는 할머니 화주. 없는 돈을 빌려서라도 꼭 해 드려야 했던 분이었다.

친정에서는, 어쩌다 부부 동반 모임으로 집이 빌 때, 마침 그분이 오셔서 집을 맡기고 다녀오시면, 화주 할머니가 텃밭도 잘 매 놓곤 하셨다.
그분 말씀에 내가 결혼하면 복을 다 싸 가지고 가서 친정이 망하게 되니, 결혼식 하는 날 아침, 아침밥을 꼭 한 그릇에 밥을 담아 나누어 먹고 가야 한다는 말을 어머니는 잊지 않으셨던 것이다.

팔 남매 중 맏딸인 내가 친정 복을 싸 가지고 간다니 큰일이었다.
믿거나 말거나.

선운사 가는 길에 있던 패랭이꽃
(컴퓨터 그림, 2007)

결혼

~~~

1964년 6월 5일, 아홉 살 많은 남편과 결혼을 하다.

새로 건축 후 얼마 안 된 고향 친정 큰집 마당에 차일 치고, 멍석 깔고, 그 위에 비닐을 카페트처럼 깔았다.

흰색 치마저고리를 드레스 대신 맞추어 입고, 면사포만 미장원에서 빌리고 미용사가 와서 신부 화장을 도와주었다.

양쪽 마루 기둥에는 보라색 붓꽃으로 장식하고, 그 아래쪽에 신부 신랑 이름을 썼다. 읍내 교당에서 풍금을 빌려 손수레에 싣고 와 토방에 놓고, 부안국민학교 선생이 출장 와서 웨딩 마치를 연주해 주었다. 친정아버지 손 잡고 입장했다.

당시에 부안읍에는 영업용 택시가 없었다. 신혼여행을 격포로 갔는데, 읍내까지는 트럭을 타고 가서 시외버스로 갈아타고 격포에 가 민박집에서 일박하고 버스로 시댁에 신행을 갔다.

스물세 살인 나는 서울 노라노 양재학원에 다니려고 남대문 시장에서 가위, 곱자, 각자 등을 사서 큰고모님 댁에 두고 준비하고 있었는데, 한번 다녀가라는 부친의 편지에 가볍게 전주에 왔다가 선이라는 걸 처음이자 마지막으로 보게 된 것이었다.

그러곤 한 달 만에 결혼 후, 1965년 3월 28일 큰딸을 출산하고, 두 살 터울로 딸을 넷까지 낳고, 두 살 아래 아들을 낳고, 일곱 살 밑으로 막내아들을 낳게 되어, 육 남매를 낳아 길러 내는 슈퍼우먼이 되었다.

살림 나온 날부터 가계부를 적기 시작해, IMF 오는 1997년까지 30년을 가계부를 계속해 적어 가며 알뜰살뜰 살았다.

그때는 부여읍에 5일마다 장이 섰다. 콩나물 살 때 신문지 열두 장 가지고 가면 10원값을 쳐준다. 돈 아끼려고 연탄도 하루 한 장만 때려고 공기구멍을 너무 꼭 막아 두면 불이 꺼진다. 그러면 솔방울 몇 개 넣고 다시 불을 붙인다.

아기 속옷도 기저귀감을 겹으로 해서 책 보고 만들어 입혔다.

주인집 아주머니는 내 절약이 너무 심하다 생각되었는지 아이 신이라도 새로 사 신기라고 뭐라 하셨다.

그렇지만, 중매하신 막내 고숙께서 지혜를 주셨었다.

첫째, 집 사기 전 방안 살림부터 사지 말고

둘째, 콩나물죽 3년이면 부자 안 될 이 없고
셋째, 신발 두 켤레 때 돈을 모아야 한다

그렇게 교육을 하셨던 거다.

까치밥과 쑥부쟁이꽃
(컴퓨터 그림, 2008)

보통 아닌, 보통의 나날들

노랑 서광꽃

(종이에 수채화, 2020)

보라색 소국

(종이에 수채화, 2019)

**밭에서 시들어 가는 메리골드꽃을
한 아름 가져와 화병에 꽂다**

(종이에 수채화, 2019)

수레국화

(종이에 수채화, 2018)

석양에 귀가하는 새들과 보라색꽃
(종이에 수채화, 2015)

보통 아닌, 보통의 나날들

채송화

(종이에 수채화, 2020)

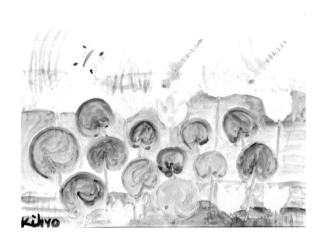

방죽에 잠자리와 나비가 있는 풍경

(종이에 수채화, 2013)

1942년부터 1964년까지

눈부신 해바라기꽃
(종이에 수채화, 2016)

보통 아닌, 보통의 나날들

모악산 주차장에서 본 벚꽃
(종이에 수채화, 2013)

내소사 앞에서 본 아마리리스
(종이에 수채화, 2015)

목련
(종이에 수채화, 2020)

낙엽
(종이에 수채화, 2017)

보통 아닌, 보통의 나날들

1965년부터 2012년 9월까지

나는 밥순이

내가 결혼하고 내 두 분 고모님과 함께, 시댁 마당에 첫발을 들여놓을 때다.

파킨슨병이었던가, 손을 떠시는 시모님이 마루 끝에 서셔서, 나와 일행을 제지하시면서, 앞 마루로 오르지 말고 부엌으로 먼저 발을 딛고 뒷문을 통해 안방으로 들어오라고 명을 하셨다.

순간 놀라, '이게 무슨 법이지?' 했으나, 내 고모님들도 함께 부엌문을 통해 뒷문으로 해서 안방에 들어가게 된다.

안방에는 며느리의 첫 상이 거하게 차려져 있고, 아랫목 양쪽에는 함께 갔던 내 넷째 고모와 다섯째 막내 고모가 앉으셨다. 그리고 맞은편으로 큰시누이, 작은시누이, 둘째 조카 몸 푼 지 9일 된 큰 동서가 앉아 어린 조카들에게 맛있는 음식을 먹게 하는 데 마음이 팔려 있었다. 시어머니는 어디 앉으셨는지 기억이 안 난다.

막내아들 결혼해서 막내며느리 처음 맞아들이는 어머님의 당당한 모습이, 지금 기억이 나지 않는구나. 그 장면 어디에도 모르겠다.

아무튼 그 식사가 끝나고 고모님들은 사랑채에 계신 두 분 고모부랑 친정아버님과 떠나셨다.

나중에 동서에게 들으니, 지나다 들어오는 돌팔이 점쟁이에게 결혼 전에 내 사주를 물었었단다. 그랬더니 신부가 밥하는 것을 싫어하게 생겼다고, 비방으로 마당에서 바로 마루로 올라서지 말고 부엌부터 인사를 드리게 하라고 했다는 것이다.

그 점쟁이가 용했던지, 나는 20년 넘도록 밥할 줄 모르고 초급대학교를 졸업할 때까지 하숙을 했다. 졸업하고 1년, 집에서 살림을 배우고 시집을 왔다.

그 후로는 육 남매 낳고 기본 여덟 식구 밥을 하고, 팔 남매 장녀로 친정 식구들과 시댁 식구들이 자주 함께하니, 열 식구 밥은 노상 하게 되었다. 집에서는 90킬로그램 쌀 열 가마를 시댁에서 1년 선자받아 밥을 해 먹었고, 종교 단체에서도 봉공회 바자회 때는 육개장, 김밥, 보리밥을 주로 내가 맡아 하게 되었다.

그렇게 1년에 한 번씩, 2박 3일 동안, 10년을, 바자회 10회 밥장사 밥을 해냈다.

점쟁이 말대로 하고 그렇게 부엌에서 밥을 많이 하면서, 20살 전에 남의 손에 먹고 산 빚을 그렇게 갚게 되었나 보다.

꽃들
(컴퓨터 그림, 2009)

보통 아닌, 보통의 나날들

집안의 어른

내가 결혼하고 며칠 후 큰시누이의 큰딸이 와서 얘기하기를, 동네 분들이 시아버님을 무서워해서 맞은편 마당 건너 사립문 앞을 올바로 지나가지 못한다는 말을 한다.

나는 그건 좋은 일이라고 말했다.

집안의 어른이 짱짱해야 주위 사람들이 업수이 안 보는 것이라고.

그녀는 나를 어이없다는 듯이 바라보며 입을 다문다.

옛말에도 "내 집 시어머니가 없으면 동네 시어머니가 아홉 판이다." 라는 말이 있다.

내 집 어른이 확실하면 감히 주위 사람들이 가족들에 대해 함부로 못 한다는 뜻.

성묘길에서 본 소나무에 솔방울

(컴퓨터 그림, 2008)

보통 아닌, 보통의 나날들

둥근 얼레미와 체

이승만 초대 대통령은 어머님께서 늘 머리 빗겨 주신 참빗을 유품으로 품고 다니셨다. 그러다 프란체스카 여사와 결혼 때 "내가 줄 선물은 이것뿐"이라고 하며 주신 것이 지금도 이화장에 있다고 한다.

나는 1964년 결혼 후 12월 8일 제금(분가) 날 때, 우리 시어머님께서 마련해 주신 것이 있다. 둥근 얼레미와 참깨 씻어 일어 받치는 체다. 지금은 간단하게, 깨끗하게 볶아 놓은 깨를 사서 먹기도 하니 요즘 젊은이들이야 모를 수 있다.

시어머님은 막내아들이 결혼하고 살림을 나는데 당신 손으로 무언가 마련해 주고 싶으셨을 거다. 때마침 동네 입구로 들어오는 체 장수를 본 시숙이, 당신네 집으로 가서 사라고 하시오 하셔 들어온 체 장수를 보신 어머님께서, 마침 잘됐다 생각하셨겠지. 그 두 개를 골라 사시겠다고 하니 아버님은 못 사게 막았다 한다. 아버님 생각은 시골에서는 곡식을 퍼내 사야 하지만, 월급쟁이 아들이니 저희가 사게 하려는 마음이셨던 것 같다.

어머님께서는 연세도 많고 건강은 나쁘셔서, 평생 아마 당신 손으로 뭐 하나 마음대로 못 사 보신 분일 거다. 그래 티격태격 처음으로 고집부려 사 주신 살림이다. 나중에 전해 들었다.

아파트 생활 30여 년 하다 보니 그 체를 별로 쓸 일이 없게 되었지만, 그런 스토리를 가지고 있는 것이라 아직도 버리지 못하고 집에 가지고 있다.

지난여름 큰딸과 셋째 딸 왔을 때 묵은 참깨가 있어 털어 씻어 볶으며 오랜만에 그 체를 꺼내어 사용하면서 그 얘기를 해 주었었다.

지금은 거의 사용할 일도 없는 물건이지만 그 역사를 알고, 미국에 사는 막내딸이 몇 년 전 다녀가며 자신이 갖겠다고 찜해 두고 갔다.

55년이 지난, 세월의 때가 묻어 볼품은 없는데 기념품으로 갖고 싶었나 보다.

요즘처럼 편리하고 좋은 물건이 많고 많은 세상에, 솔뿌리로 테를 꿰매 손으로 만든 시커멓고 을씨년스런 둥근 체가 미적 가치는 없을지 모르지만, 어머님의 사랑을 담고 있는 심적인 가치가 넘쳐흐르는 귀하고 귀한 물건이다.

그리고 그 귀중함을 알아봐 주는 딸들이 있어 다행이고 고맙다.

요새 핀 석곡화가 향이 진해 어설프게나마 그렸다

(컴퓨터 그림, 2008)

첫딸 출산

첫아이 낳기 전 시댁에 있을 때다.

큰 동서님은 진통이 오려 할 때 구룡탕을 달여 먹으면 힘이 나서 애를 잘 낳을 수 있다고 하시더니, 미리 한약을 한 첩 지어다 놓으셨다.

초저녁 진통이 오려 할 때 그 약을 달여 먹고 밤새 진통하고 새벽에 첫애를 낳게 되었다.

그렇게 양력 1965년 3월 28일 첫아이를 시댁에서 낳고, 3주를 조리하고 부여군에 있던 셋방으로 돌아왔다.

그런데 애 낳은 지 3주가 지난 산모 얼굴이 왜 이리 허여멀건하냐(희멀겋냐)며 집주인 아주머니께서 나를 보고 놀란다.

그날 저녁, 닭을 잡아 넣고 미역국을 끓여 냉면 그릇에 꾹꾹 눌러 담아 가져왔다.

집주인 아주머니는 참 통이 큰 화끈한 분이었다. 우리 시댁에서는 간장만 넣은 소 미역국으로 배부르게만 먹고 아이 모유 수유를 하고 왔으니 영양이 있을 수 없지.

시어머님은 파킨슨병으로 손을 떠시는데도, 아침 세숫물을 꼬박 3

주간 시중해 주시고 찬바람 쏘이지 않게 해 주셨다.

그런데 개성 분인 집주인 아주머니는 6·25 전쟁 피난민인데 건강만 제일로 아시는 분이다. 휴전 중이니 건강하게 살다가 앞으로 종전되면 고향으로 돌아가서 토지랑 과수원 등을 찾고 살 수 있다고 생각하셨다. 당신네는 아이 출산하면 이레마다 닭 한 마리 잡아 미역국 끓여 주고 7주째에는 개 잡아 영양 섭취시킨다고 했다.

교당 앞에서 문주가 꺾어 준 창포꽃
(컴퓨터 그림, 2008)

엄마의 미신

첫딸 낳고 3주 후 시댁에서 집에 돌아왔을 때다.

친정 조모님이 돌아가셨다는 소식을 받았다. 그런데 아이를 낳고 바로 초상집에 가면 산모의 젖이 줄어든다는 예로부터 내려오는 미신이 있다. 할 수 없이 남편만 상가에 다녀와야 했다. 그리고 남편을 바로 집으로 들어오게 하지 않고 집 문 앞에 잠시 서 있게 하고, 짚 한 줌 불을 붙여 그 불 위를 넘어 집 안으로 들어오게 하라고 어른들이 시켰다.

상가에 다녀온 사람이 내 식구라 그런 방법으로 어린아이 줄 젖이 줄어드는 일을 막으려는 미신 중 하나였다. 우리 엄마의 믿음이었다.

붉은색 감자꽃과 시든 쑥갓꽃
(컴퓨터 그림, 2008)

큰시누이는 재담꾼

우리 큰시누이는 기억력도 좋고 재담꾼이다. 시부모님 기일에 모여 음식 준비 끝나면 윗방에 윗동서, 아랫동서, 조카 등 여자 식구들, 아이들 둘러앉아 큰시누이의 이야기를 들었었다.

묵은 노트를 찾았다.

큰시누이 구술 얘기를 잊어버리기 전, 집에 와서 노트해 놓았던 것을 간신히 찾았다. 녹음을 못 한 것은 아쉬움이 크나 그래도 다행이다.

60 된 영감님—옛날에는 그 나이가 노인이었다—이 열일곱 살 된 부인을 얻었다.

새댁이 후유— 한숨을 쉬니,

"뭣이 그리 한숨이요?" 하고 물으며 영감이 "일모망건에 통양갓에 쥐꼬리당줄 호박풍잠에 육날미투리에 삼승버선에, 이만하면 족하지 뭣이 부족해서 한숨이요?" 그랬다.

그러자 새댁은,

"이것들이 아무리 좋기로 당당호걸에 진초록 밑에 밀화갓끈만 하오리까?" 했다.

그러자 영감은, "그 말도 그러하다." 했더란다.

또, 옛날 어느 며느리가 시아버님 진짓상을 차려 방에
들여놓고 숭늉을 끓이려 부엌으로 내려가니, 물이 없어
물동이를 이고 냇가에 물 뜨러 갔다가 돌부리에 걸려 주르르
미끄러져서 물동이는 바싹 깨지고 동래 부사는 울산 부사로
떠나가고 박 대감 박 첨지(박아지)는 수륙만리 떠나가서
이리 가면 잡을까 저리 가면 잡을까 헤매다가 해가 서산에
걸려서 이제야 할 수 없이 돌아옵니다, 하며, 숭늉 기다리다
화가 난 시아버지에게 며느리 왈, "우당탕 명태탕에 꼽작꼽작
새우탕에 질항(부뚜막 옆에 물항아리를 묻고 물길어다 부어
놓고 수시로 주방에서 쓰던 물항아리) 국 같은 간장에 인삼
같은 무나물, 은침 같은 콩나물에 청작미 조밥에 왕밤 콩 까
놓고, 그만하면 무던하지 무엇이 그리 못마땅해서 이마를
아등그러지게 하시나요." 하니 시아버지 사립문 옆에서
작대기를 들고 지켜 섰다가, 그년 사당의 딸년인지 무당의
딸년인지 사설도 좋기도 하다 하면서 들고 있던 작대기를
옆에 내던지며 방으로 들어가시더란다.

온전히 다 기억은 못 했다.

처갓집 제사에 간 사위가 있었다.

제상에 차려진 음식을 보고 "아이고 아이고." 곡을 하다가,
사위 말이, "저승어 저승어." 하더란다.

마누라 말이, "어둡걸랑 어둡걸랑" 하니.

처남댁 말, "나는 어쩌라고 나는 어쩌라고." 하며 곡을
했더란다.

곡조를 맞추어 가며 구술하신다.

모두는 배꼽을 잡는다.

음식이 모두 귀했던 시절 얘기다.

조금 전 큰시누이의 큰 딸, 생질녀에게서 전화가 와 생각이 떠올라
적어 보았다.

하얀 눈을 보면서 수선화를 생각한다
(컴퓨터 그림, 2008)

우리 엄마에게 들은 옛날이야기

어느 시어머니가 친정 다녀온 며느리에게 "너 오는 길에는 맹감도 없더냐?"라고 하니, 며느리 왈, "갈 때 없던 맹감이 올 때라고 있을랍디어?" 했더란다. 친정 갈 때 빈손으로 보낸 시어머니가 빈손으로 온 며느리를 빈축하는 말에 대한 반박이다.

맹감과 쑥부쟁이
(종이에 수채화, 2015)

천장 속 쥐와 쥐 잡는 날

1965년에 부여읍에서 방 한 칸 사글셋방을 1년에 5,000원에 살며, 첫 아이를 낳아 3년을 살 때였다.

밤에 자려면 늘 천장에서 쥐들이 올림픽을 하느라 퉁탕거리는 소리가 들린다. 그래서 천장이 찢어졌던지 자고 일어나서 보면 어린애 피부가 가려움에 긁어 불긋불긋하다. 천장 쥐의 몸에 붙어 사는 쥐 이가 찢어진 천장에서 벽을 타고 내려와 제일 어린 피부를 문 것이다.

벽지를 사다 내가 천장을 도배했다.

70년대에는 국가적으로 한날한시에 사이렌을 불어 일제히 쥐약을 놓는, 쥐 잡는 날이 있었다.

다음 날에는 죽은 쥐 수거해 꼬리를 잘라다 학교에 제출해 학용품을 상으로 주기도 했었다.

필통 속에는 몽당연필 세 자루가 들어 있어야 했다. 점심 도시락에는 흰쌀밥이 아닌, 보리나 다른 잡곡을 넣은 혼식 잡곡밥을 싸 오게 하고 선생님들이 직접 도시락 검사를 하는 때도 있었다.

거리에 핀 백일홍
(컴퓨터 그림, 2008)

보통 아닌, 보통의 나날들

사과즙

마트에 나온 장수 사과즙을 한 박스 구입했다. TV에 백종원님이 장수 사과밭에서 사과를 따고 그 댁에서 사과즙을 맛보는데 꽤 맛있어 보였다. 사과즙을 마시니 당이 높아지기는 한다. 오늘은 174.

그래도 한 봉 잘라 컵에 부으면서 든 생각이다.

신혼에 시댁에 살 때 첫아이 임신 중, 친정에서 동생 둘이 사과 한 가고—'바구니'를 뜻하는 말, 1964년 그때는 대나무를 얇게 깎은 것을 엮어서 바구니를 만들어 과일을 담아 선물을 했다—와 아이 포대기와 기저귀감 등을 사 가지고 온 적이 있었다.

그 사과를 안방 벽장에 넣어 두고 시아버님께서 매일 한 개씩 꺼내 주시며 즙을 해 오라 해서 혼자서만 드시는 것이다. 어머님도 조카들도 아무도 안 주시고.

그러다 내가 출산을 하게 되어, 시아버님이 사랑채로 나가시고 내가 안방에서 조리를 하게 되었다.

출산 후 벽장 속에 한 개의 사과가 남았다. 어머님은 한 개도 맛보시지 않고 아버님만 드시는 게 좀 안되어 이제는 그것을 어머님도 맛보시라고 종용했다.

어머님은 "네 아버님, 또 찾으실라." 걱정하시는데 뭘 또 찾으시겠냐고 한 쪽씩 나누어 먹고 말았다.

아닌 게 아니라 다음 날 아버님이 부엌에 일 보는 금순이를 불러 하나 남은 사과를 즙을 내오라고 했던 것이다. 그냥 와서 얘기를 했으면 달리 연구를 해 봤으련만—하긴 가게가 시골에 없으니 별수 없었겠지만—그 자리에서, 먹고 없다고 한 것이다. 그 대답을 들으신 아버님이, 사랑채 마루에서 외장을 치신 것이다. "나 죽거든 잘 먹고 잘 살아라!" 모골이 송연했다.

지금 세상이라면야 그렇지 않았겠지만 1965년 그때는 그렇게 살았다.

오늘 사과즙을 컵에 따르다 보니 그 옛날 그 시절이 떠올라 쓸쓸하다.

신혼 때 살던 부여

1965년 부여읍에 살 때다. 그때는 부여읍에도 5일 장이 섰다.

장날, 쌀도 팔아 머리에 이고 온다.

연탄불 불쏘시개 할 솔방울도 그날 산다. 콩나물을 사려면 신문지를 열두 장 가지고 가면 콩나물 10원어치 주었다. 도토리묵을 쒀 팔러 나온 부인들은 옴박지(도기, 항아리 뚜껑)에 담아 위에 널빤지를 도마처럼 얹어 놓고 맛보기로 썰어 접시에 담고 양념간장을 맛나게 만들어 찍어 먹어 보게 하고 판다.

정월 대보름 전날 밤에 동네 집에서 초대해 가 보면 도토리묵을 썰어 말린 것을 불려 고기 넣고 볶아서 내놓는다. 마당에 멍석 깔고 윷도 놀고 하더라.

부여에서 규암 쪽으로 가려면 뜬다리를 건너서 가고 했다.

후에 시멘트로 새 다리를 건설하고 계백 장군 동상도 세웠다.

그때는 정림사지 5층 탑이 길옆에 담도 없이 벌판에 서 있었다.

30년 뒤 가 보니 박물관도 그 옆에 옮기고 담을 쳐서 문을 닫아 놓았다. 5시가 넘어 문이 닫혀있었다.

　나무 괭이(옹이) 구멍으로 안을 들여다보다가 놀랐다. 갑자기 5층 탑
이 내 눈앞에 크로즈업 되어 가까이 섰다.

가을 여행의 내 모습
(컴퓨터 그림, 2008)

어떤 집의 애사

남편이 부여군 임천면 직장에 다닐 때다.

어느 날 초저녁 아이들을 재우기 전, 옛날얘기 들려주며 남편 들어오기를 기다리는데, 옆 담 사이 집에서 와그르르 우는 소리가 나서 깜짝 놀라 나가 보니, 옆집 아주머니가 돌아가신 것이었다. 팔 남매를 두신 분으로 빨래터에서 더러 만났던 분이다.

안집 아주머니에게 가서 말하고 함께 가 보자고 했더니 아무 말 없이 방문을 닫는다. '왜?' 이상하게 생각하면서 박 면장 댁으로 가니 그곳에서도 반응이 신통치 않았다.

'그래, 그냥 나만 혼자 가 보자' 하고 처음 가는 집의 넓은 마당을 지나 부엌에 가니, 아는 아주머니 혼자 가마솥에 밥하느라 불 때다가 나를 보고 반긴다. 동네가 제법 큰, 조합장 댁인데 사람이 아무도 오지 않는다.

밥이 넘치니 솥뚜껑을 좀 열었다 닫으라고 해 그렇게 하고, 다 된 밥을 그릇에 퍼서 사잣밥으로 사립문 옆쪽에다 놓아 주라기에 그렇게 하고는 돌아왔다.

얼마 뒤 셋째 아이를 포대기로 둘러업고 가는데, 장터 마을 쪽 길에서 노신사가 달려오듯 내 앞에 와서 극진히 90도로 절을 한다. 누가 볼까 얼른 피해 집 쪽으로 왔다. 옆집 조합장이었다. 그날 와 준 것이 고마웠던가 감사 인사를 하신 것인데, 나는 젊을 때였고 다른 사람 눈에 띌까 두려워 도망치듯 돌아오고 말았다.

나중에 들으니 그 아주머니가 폐결핵으로 고생하다 가신 것이고, 돌아가시면 병균이 전염된다고 아무도 가지 않았다고 했다. 물색 모르는 새댁이, 아이 셋 키우는 젊은 어미만, 모르는 집 애사에 겁 없이 혼자 간 것이었다.

뒤에 젊은 여자가 들어와 씩씩하게 사는 모습을 멀찌감치 바라보았다.

3년 동안 네 번 이사를

60년대 후반에 나는 부여군 임천면에서 3년 살면서 네 번 이사를 했다. 처음에는 집주인이 외손녀와 함께 살고 있는 집, 문 앞 모방(원채에 붙은 모서리 방)에서 두 딸과 함께 네 식구였다.

그곳에 살 때 큰비가 내려 홍수가 났다. 도랑물로 황토 건물인 담배 건조장이 무너져 물길을 막아, 산에서 내려오는 물과 장마비가 골목을 통해, 내가 사는 집 마당으로 흘러들어 왔다.

장독대에 있던 간장 항아리가 수채로 둥둥 떠내려가는 것을 잡아들였다. 연탄 아궁이로도 물이 가득 들어 구들 쪽에 못 미쳐 그쳤다. 그리고 넓은 타작마당에 거의 1미터 남짓 황토가 쌓여 어려운 일도 겪었었다.

다시 이사 한 것이, 두부 만드는 노인 부부 사시는 집 뒷방으로 옮겨 살게 되었다.

그런데 상무님 사모님이 딱하게 여겨 나에게 묻지도 않고, 철수네 사랑채 서향 방에 살던 직원분이 다른 곳으로 발령이나 이사했으니 그곳으로 옮겨 가라고 해서 그리하게 되었다.

그 집은 옛날 부자가 살던 집이었는 듯, 안채도 높고 잘 지어진 곳이다. 마당을 지나 문간채가 부엌을 사이에 두고 양쪽에 방 한 칸씩 있는 집으로 손바닥만큼 작은 마당이 있는 행랑채였다. 안채와 따로 있는 집이어서 조금 자유로웠다.

우물은 그 아래 박 면장 댁 울안 물을 길어다 부엌 항아리에 부어 놓고 밥도 하고, 빨래는 냇물 따라 위로 올라가 깨끗한 물 쪽에서 했다. 마당에 빨랫줄을 걸어서 빨래를 널어 말리고, 5일 장이라 장날이나 되어야 일용품도 살 수 있었다.

그 집에서 셋째 딸을 낳고 얼마동안 살았다. 그러다가 그 동네에서 옛날 제일 부자였던, 높은 산 밑에 큰 집을 온채로 얻어 가게 되었다.

뒤꼍으로는 산에 상수리나무가 있어 가을에는 상수리가 뒷마당으로 쏟아지고 앞마당에서 보면 아래쪽으로 장터가 보였다.

옆집에는 남자가 소구루마(소달구지)로 술 배달 다니는 집으로 부인이 어린아이 업고 얌전히 살림 살면서 시보리(홀치기)를 얻어다 떠서 부업하는 젊은 내외가 살았다. 그리고 지금도 잊혀지지 않는 착한 사람들이 살았다.

시보리를 나도 한번 해 보려고 맡았다가 못하고, 하다 만 것을 그 부인에게 도로 맡겼었다.

그때는 부인들이 부업으로 시보리를 많이들 했었다.

도라지꽃밭
(컴퓨터 그림, 2007)

낙숫물

~~~~~~

60~70년대까지도 나는 울안에 우물이 없는 집에서 살았다.

수도 시설도 없고, 당연히 얼음도 없는 시대였다. 남의 집 울안에서 우물물을 길어다 부엌의 항아리에 채워 두고 식수로 사용했었다.

지붕 끝에 함석 물받이를 돌려 설치하고, 지붕 위에서 내려오는 빗물을 모아 아래로 내려오게 홈을 만들어 밑에 커다란 물통을 놓고 낙숫물을 받았다. 그 물로 머리도 감고 빨래도 한다.

빗물은 연수라 머리도 매끄럽고 빨래도 때가 잘 빠진다.

70년대 전주로 이사 왔을 때도 지대가 높아 3일 만에 한 번씩 수돗물이 나오는데, 아래쪽 사는 분들이 먼저 수돗물을 다 받으면 위쪽 사는 우리가 기다렸다가 늦은 밤 12시부터 큰 시멘트 드럼통에 가득 받아 놓아야 채소도 씻고 빨래도 한다.

식구가 많으면 모자라서, 그땐 뒷골목 쪽 작두샘(펌프) 있는 집에서 그 물을 길어다 쓰기도 해야 했다.

가로수 사이에 핀 과꽃
(컴퓨터 그림, 2008)

수도 절약

1973년 이후, 전주 고사동에 살게 되었다. 울안이 넓어 마당을 가운데 두고, 남향에 삼각으로 안채가 있었다. 왼편에 방이 있고, 남향 쪽으로 한 가구 살고, 옥상 밑에 방이 한 칸 있었다. 그래서 네 가구가 함께 살았다.

중심부에 마당 옆으로 수도가 있는데, 겨울에는 커다란 고무통을 놓고 수도가 얼지 않도록 수도꼭지를 살짝 열어 밤새도록 조금씩 물이 흐르게 한다. 아침밥 할 때쯤이면 고무통에 가득 물이 받아져 있어 얼지 않은 물을 쓸 수 있었다.

담뱃갑 속에 있는 은박지를 오려 세숫비누 한쪽 면에 물 발라 붙여, 여러 식구가 쓰는 동안 녹아 낭비되는 일이 없게 해서 아끼고 살았다. 전등도 한 등은 꺼 두고 아끼는 생활을 했다.

사라호 태풍 때
〰〰〰

1959년이었나. 사라호 태풍에 학교 파하고 귀갓길에 시내에 물이 차서 무릎 근처까지 올라온 물을 헤치며 집에 가는데 무서웠다.

요즘 장마에 피해 입은 지역들을 보니 마치 내가 당하기라도 한 것처럼 몸이 으쓱하고 불안하다. 집도 들도 모두 피해 입은 사람들. 어찌할꼬. 걱정된다.

1980년대 전주 고사동 집 살 때다. 집 밖 하수구를, 장사하는 집에서 아마 시멘트로 맨홀 구멍을 막아 버렸던지 빗물이 역류해 우리 집 하수구로 올라왔다. 지대가 낮은 고가古家 마당으로 위아래에서 합수된 물이 마루 밑으로 올라오게 생겼었다.

한 울안에 세 가구가 살았지만 집주인인 나 혼자만 발을 구르며 세숫대야로 물을 퍼 대문 밖으로 내버리느라 애썼던 그 일도 생각이 난다. 다행히 마루 밑까지만 올라오고 비는 그쳐서 면한 수해.

장마철 오기 전 집 밖 맨홀 구멍도 청소해 주면 피해를 덜 수 있겠다.

우성아파트 정원에 핀 맥문동꽃
(컴퓨터 그림, 2009)

보통 아닌, 보통의 나날들

교통사고 때 일

~~~~~~

1966년 8월 16일이었다. 첫딸이 돌 지난 해의 광복절 연휴였다.

쉬는 때는 늘 큰댁으로 가 시부모님과 보내고 오는 것이 보통인데, 그때 주인댁 가족과 그 댁의 처남댁 가족이 충남 무량사 쪽으로 휴가를 가자고 해 합세했다. 모두 열한 명이었다.

일박하고 오는 날 일요일, 남자분들은 평상에서 화투 놀이 중이었고, 독실한 크리스천인 주인댁 아주머니는 그 옆에서 심공을 들이고 있던 모습이 생각난다.

올 때는 막차를 안 타려고 대천해수욕장에서 나오는 버스를 포기하고 마이크로버스로 미리 나왔었다. 그날이 그곳 장날이어서 차는 만원이었다.

그런데 부여읍으로 오는 사이에 갑자기 차가 말 뛰듯 요동을 친다. 앞쪽에 주인댁 아저씨가 "브레이크 끊어졌다!" 하고 외치신다.

나는 뒤쪽에서 아이를 안고 유리창 옆이 아닌 안쪽 좌석에 앉아 있었다. 어른들 뵈러 안 가고 놀러 온 죄책감이 들었다.

순간, 쿵! 하고 자동차가 산 쪽을 들이받더니 지티고개라는 곳에 실

개천 있는 곳으로 쿵쿵쿵 세 번을 차가 굴렀다.

　그때 속으로 염불을 외면서, 나는 죽어도 아이는 살리려고 마음먹고 정신을 차리고 왼팔로 아이를 끌어안고 오른팔로는 밀리는 사람을 밀어내고 하다가 차가 멈추었다. 바퀴가 하늘을 향해 있고 천장은 땅에 붙어 멈추게 된 것이다.

　깨진 유리창으로 나와 보니, 아수라장이다. 저 앞쪽에서 남편이 오는데, 가슴에 손바닥 크기만큼 피가 묻어 있고 손에는 쇠뭉치가 들려 있었다. 눈은 헤드라이트처럼 커져 기사 어디 있냐고 소리치며 온다.

　내가 놀라서 이만하니 다행이라고 말렸다.

　기사가 쫓아오며, 자신이 기사라고 하면서 죄송해했다.

　우리 일행 열한 명은 다들 무사했고, 중학생이었던 안집 둘째 아들이 눈가가 조금 찢어졌다. 지나가던 막차로 갈아타고 규암까지 와서 병원에서 몇 바늘 꿰매고 치료했다.

　남편 가슴에 묻은 피는 남의 피였다. 안전벨트가 없었다.

　대천해수욕장에 인파가 많아 우리는 그곳을 피해 산사 아래 계곡에서 물놀이하고 민박을 했었고, 막차를 타지 않고 미리 나왔다. 그랬기에 사고 후, 뒤에 대천에서 오는 마지막 버스로 옮겨 탈 수 있었던 것도 다행이다.

지금도 돌아보면 기도 위력으로 일행이 무사했구나 싶다.

주인댁 아주머니가 아침에 심공을 들인 덕 아닌가. 그 공덕이지.

나는 또 호랑이가 물어 가도 정신만 차리면 산다는 옛말을 떠올리고 마음속으로 염불 3회를 하고 정신 차리고 대처한 것이 잘한 것이라 생각된다. 불행 중 다행이었다.

그때 그분들은 복 받고 잘 살겠지.

주인댁은 인천으로 이사했고 주인의 처남댁이 그 집에 사셨었다.

6, 7년 전 친구들과 무량사에 갔다가 내려오며 민박집 자리쯤이 다 털리고 집은 없고 기념품 가게가 있어, 물어보니 그분들 부모님이 그곳에서 민박집을 했었다고 한다.

말린 도토리묵을 사 와서 볶음을 해 먹었다.

더운 여름날 원추리꽃
(컴퓨터 그림, 2009)

석유곤로

～～～～

1967년 부여 살 때, 둘째 딸이 태어나고 모처럼 석유곤로를 샀다.

연탄불에 밥하던 것을 석유곤로에 하니 금방 물도 끓고 신기하고 좋았다. 남편은 나보다 아홉 살 위라 항상 내가 하는 일이 불안해 보였는지 '이렇게 이렇게 써라', '조심해서 써라' 하는 주의를 어찌나 열심히 하는지 그만 안 쓰고 싶어지는 거다.

그렇게 조심조심 쓰다가 80년대까지 전주 시내 집에서도 잘 쓰고, 가스레인지가 주방에 들어오게 된다.

여덟 내지 아홉 식구 밥을 하려면 도시락도 준비해야 하고, 아침 일찍부터 바쁘다. 그때는 점심에다 더해 저녁까지 도시락을 두 개씩 쌀 때도 있었다. 연탄불에 밥하고 불땀 센 가스레인지에는 국 끓이고 볶거나 달걀부침 같은 것들을 했다.

상 차려 들고 안방으로 나르고 하는 수고도 했다.

가스레인지 오고 나니 석유곤로는 자연 뒷전으로 물러나게 되고, 그 고마운 낡은 석유곤로는 고물 수집 아저씨가 사 갔다.

목련꽃 봉우리
(컴퓨터 그림, 2007)

엘리트 손님

~~~~~~~~~~

1969년 음력 7월 4일 아침 6시에 나는 부여군 임천면에서 셋째 딸을 출산했다.

가족들은 문밖에서 아들이기를 바랐을 것이다.

애 낳고 첫 미역국 밥을 뜰 때 손님이 집으로 찾아와 그 자리에서 아침 식사를 함께 한 적이 있었다.

고대 영문과 출신 남편과 서울 법대 출신인 그분의 대화 중에서 나는 '엘리트'라는 단어를 처음 듣게 되었다.

그분이 대전으로 이사를 하려는데 그 비용을 남편에게 빌리러 온 것이다. 그 당시 나는 전주 노송동에 42평 집을 98만 원에 샀는데, 남편이 그분에게 10만 원을 빌려주었다고 한다.

1970년경 전주로 발령받아 1971년에 넷째 딸을 출산했다. 그 무렵 또 그분이 와서 싼 카메라 장사를 해 보겠다며 5만 원이 필요하다 해서 남편이 또 돈을 주어 보낸 것이었다. 전생에 빚쟁이였던지.

나의 막내 고모님에게 말했더니, "개도 무는 개를 돌아본다." 하며,

받으러 가야 한다고 하셔서, 아이 넷을 밥하는 아이에게 맡기고 대전 유성에 사는 그분을 찾아갔다.

그분은 유성 어느 마을에 방 한 칸 얻어 결혼 생활을 하고 있었는데, 부인 혼자 땅에 항아리 묻고 배추 열 포기 김장을 했다고 한다. 저녁을 셋이서 먹고, 그분은 동생 집으로 자러가고 부인과 나는 둘이서 만년 장 호텔 지하 대중탕에서 목욕을 하고, 그 집에서 그 부인과 둘이 자고 다음 날 돌아와서는 다시는 찾아가지도 않고 돈을 받지도 못한 일이 있었다.

부디 복 받고 건강히 잘 살기를 바랄 뿐이다. 모두 힘들게 살던 때였다.

병에 꽂힌 소국
(컴퓨터 그림, 2007)

그네

~

1971년 두 살 터울로 낳은 넷째 딸이 태어났다.

유치원이라고는 성심교회, 중앙교회에서 운영하는 딱 두 곳뿐이었다.

아이들을 유치원 보낼 형편이 아니어서, 동부시장에 있는 철공장에다 아이들 타고 놀 그네를 쌀 한 가마값 주고 맞춰 마당에 놓았다.

넷째는 내가 안고 마루에서 보고 있고, 첫째, 둘째, 셋째 딸은 그네에 마주 앉아 타고 논다.

골목 끝에 있는 우리 집. 주위 집 아이들이 호기심으로 바라본다.

뒷집 아이는 아침밥을 엄마가 밥그릇 들고 쫓아다니며 먹인다.

앞집의 남자아이도 엄마가 쫓아다닌다. 냉장고도 피아노도 있는 집에서 아이스크림을 만들어 들고 와 나눠 주며, 그네 있는 우리 집에서 함께 놀기를 원했다.

5년을 그 집에서 살고, 아들 낳고 6개월 만에 시내 중심 고사동에 집을 사서 이사했다.

1974년 여름에 시내 고사동 집으로 이사 가서 세 가구가 함께 살게 되었다. 주변 집 상가들 가정에는 어린아이들이 공 하나 찰 수 있는 공터도 없었다. 우리 집은 마당이 조금 있어 화단을 피해 그네를 설치해, 딸들은 밖에 나가지 않고 집 안에서 놀고, 자연히 주변 어린 친구들이 들어와 놀게도 했다.

　내가 살림해 가면서 유치원 원장이라는 마음으로 지내게 되었다.

　고물 수집하는 건장한 아저씨가 처음 이사한 때부터 우리 집을 자주 들여다보아 조금 마음이 쓰였었는데, 결국 그 집에서 11년 지내고 이사할 때 그 낡은 그네는 그 아저씨가 넘겨받았다.

　학교에 다니는 오 남매는 그네에 흥미를 잃고, 막내아들 하나가 국민학교 입학하기 전이며 앞집에 아이 삼 남매가 있었지만, 그때는 유아원과 체육관에 보내 그네는 고물이 되었었다. 튼튼해서 이불 널 때는 가끔 이용하기도 했었다.

　쌀 한 가마값으로 맞추어서 놀이터 역할 잘해 주어 아깝지 않게 오래 잘 사용했다.

오동나무와 꽃
(컴퓨터 그림, 2009)

보통 아닌, 보통의 나날들

간염 약 처방전

큰아들이 국민학교 저학년 때다.

늘 학교에서 축구하고 놀다가 점심때도 지나 집에 오고 하더니 간염에 걸렸다.

동네 병원에서 대학 병원으로 가라 해서 갔으나 대학 병원에 입원실이 없어 통원 치료를 위해 처방전을 들고 가 약국—그땐 병원 내에 약국이 있었다—에서 약을 지어 받아 왔다.

약이 떨어져 다시 동네 병원에 갔다. 대학 병원 입원실이 없어 통원 치료하라 해서 다시 왔다고 하니, 원장님이 "대학 병원 처방전을 알면 좋은데…" 하고 말을 한다.

나는 대학 병원 처방전을 읽은 기억에 이런 약을 이런 약으로 바꾸어 처방해 주었다고 말했다. 어떻게 아느냐고 묻는다. 내가 "읽어 보았지요."라고 대답했더니, "원어로 썼을 텐데…" 하고 말을 흐린다.

내 옷차림이 초라해 보였고, 영어를 모르리라 생각한 것 같다.

하여튼, 결국 그 병원 치료로 아들의 간염이 나았다.

원장님께 감사드린다.

고대에서 본 모란꽃
(컴퓨터 그림, 2007)

보통 아닌, 보통의 나날들

물놀이에서

~~~~~

큰아들 다섯 살 때 여름이었다.

넷째 고모의 둘째 딸 등 여럿이서 변산 해수욕장에 놀러 가기로 했었다.

막내 고모님과 숙모님과 우리 큰딸, 둘째, 셋째 함께 가는데 넷째 딸이 오래 감기를 달고 병원을 몇 주간 다니고 있었다.

그래 앞집 경이 엄마가 넷째 딸을 보아 주겠다고 해서 맡기고 갔던 것이 지금도 후회가 된다. 그때 함께 가서 모래성도 쌓고 놀게 했으면 좋았을 것을.

지나고 나면 늘 후회되는 일이 많다. 절대로 자식들 떼어 놓고 다니면 안 된다고 생각한다. 고생도 낙도 함께 견디면서 살아야 우애도 끊어지지 않을 것 같아서 누구에게든 강조한다.

해수욕장에서 모두 커다란 검은 주부(튜브)에 매달려 물속에 들어가 놀고, 나는 다섯 살 아들과 물가에서 철벅거리며 가지고 있던 비치볼에 가만히 앉으려다가 휘뜩 넘어져 버렸다. 멍청했다.

얕은 물이었건만 일어날 수가 없었다.

일행은 물 가운데서 재미나게 놀고 있고, 아들은 에미(어미)가 옆에서 물을 세 번이나 마시도록 모른다. 접시 물에 코 박고 죽는다는 옛말이 있지. 별로 깊지도 않은 곳이건만 큰물이라 발이 땅에 닿지를 않아 팔을 휘젓는데, 그 옆에 공놀이하던 사람 중 한 남자가 내 한 팔을 잡아준다. 그러니 그냥 일어나진다.

그분이 오히려 장난을 한 거였냐고 물어서, 사실 나는 그 속에서 꼭 죽을 것 같아 염불을 외웠었는데, 부끄러워서 말을 못 했다.

그곳에서 일어설 수 없어 잘못되면 같이 왔던 일행과 내 아이들 어쩔 뻔했나 생각할수록 내 불찰이 부끄럽고, 나를 구해 준 그분에게 무한 감사를 드린다.

사랑초 1
(컴퓨터 그림, 2008)

편리한 가전제품

~~~~~~~~~~

젊어서 수도 시설이 없어, 등에 어린애 업고 터 판 위 애들은 걸려, 우물이나 냇물에서 빨래하며 살던 중 80년대 들어서 세탁기라는 편리한 가전제품이 들어오게 되었다.

김치 담아 줄에 매달아 우물 속에 넣어 두고 시어지지 않게 하고, 시원하라고 넓은 옴박지(옹자배기, 이남박)에 찬물을 담아 채워 두었다 먹기도 했다. 그러다 아이스박스가 나와 얼음을 사다 넣고 그 속에 김치며 과일이며 수박화채 만들어 둔 것도 채워 두었다 먹게 되어 좋았다. 몇 년 뒤 냉장고를 들이니 얼마나 편리하고 좋았던지.

지금도 세탁기에서 빨래를 꺼낼 때마다 "감사합니다." 하고 인사를 한다.
선진님들의 노고 덕분으로 모든 혜택을 입고 사니 얼마나 감사한지 모른다.

강천사 가는 길에 바위 밑에 핀 원추리꽃
(컴퓨터 그림, 2009)

과꽃 한송이
(컴퓨터 그림, 2008)

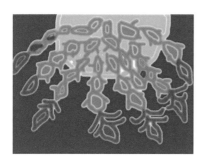

게발선인장꽃
(컴퓨터 그림, 2008)

민들레와 나비
(컴퓨터 그림, 2008)

보통 아닌, 보통의 나날들

가난한 시절

~~~~~~

1980년대까지도 종교 단체나 각종 모임에서, 새 신(흰고무신)을 신고 가서 벗어 놓고 들어가면, 나올 때 흔히 사람들이 자기 것이 아니어도 성한 새 신이 있으면 바꿔 신고 가버려 낭패를 보는 일이 많았다.

또 내 위 동서 상喪 때 장례식장에서도 조문객 중에 더러, 새 우산을 우산꽂이에 꽂아 놓고 조문하고 나오면 내 우산은 이미 없어지고 찢어진 우산만 남아 있어 곤란하기도 했다. 그러니 사람이 많이 모여 식사하는 곳에는 비닐 주머니를 준비해 두기도 해서, 신을 벗어 담아 안으로 들고 들어갔다 신고 나오게 하는 일도 생겼다.

아니면 나 자신이, 좋은 구두를 신었을 때는 비닐 주머니라도 준비해 싸 들고 식탁 밑에 놓았다 나올 때 꺼내 신든지 해야 한다. 자칫 잃어버리면 주인이 일일이 물어 주지도 않고, 본인만 발을 동동 구르다 그 집에 있는 슬리퍼를 얻어 신고 나와야 할 수도 있기 때문이다.

우리 막내 고모님이 지금 89세이신데, 일정日政 때 학교를 3, 4킬로미터 되는 곳을 걸어 다니셨었다. 다들 짚신 신고 다니는데 어쩌다 고무신을 얻어 신게 되면, 학교 다 가기 전 보리밭이나 논 같은 곳에 숨겨 놓고 맨발로 학교에 갔다가 집에 올 때 신으려고 찾으면 이미 누군가 가져가 버려 맨발로 돌아오기도 했더란다.

물론 요즘도 신이 작아져서 못 신고 새 신을 사는 경우도 있을 것이다. 하지만 발에 맞아 얼마든지 더 신을 수 있는 것들을 대부분 유행이 지나 다시 구입하거나, 여러 켤레를 놓고 번갈아 신기도 하고, 멀쩡한 신발이 쓰레기장에 버려지는 세상이다.

아이들이 뭘 잃어버려도 찾을 생각도 하지 않고 집에 와 부모에게 다시 사 달라고 하면 새로 사 주는 세상이 되었다. 옷이고 학용품이고 잃어버리면 그걸로 끝. 새 걸로 사서 쓰는, 물자가 흔한 세상이다.

우리 아이들은 두 살 터울로 딸이 넷이라 옷 한 벌 사면 서로 교대로 입었다. 늘 큰애만 사 주게 되어 밑의 딸에게 미안해 한번은 둘째 몫으로 원피스 한 벌을 사 주고 외출 후 돌아오니 길이가 저에게는 길다고 자신의 몸에 맞게 수선집에서 잘라 내고 입은 거다. 바로 가서 수선집 쓰레기통에서 잘라 낸 천 조각을 찾아오라고, 깜짝 놀라 야단을 친 일이 있다. 그래 그것을 다시 이어서 키 큰 형제랑 교대해 입을 수 있도록 했었다. 지금은 미안하다. 그때는 어쩔 수 없었다. 딸 넷, 아들 둘, 육 남매에 여덟 식구니까.

30년을 가계부 끼고 살림을 하다 보니 엄마가 깍쟁이가 되었지.

가족들 모두 넉넉히 못 해 준 것, 참 미안하다.

부추꽃
(컴퓨터 그림, 2009)

90킬로그램 쌀 열 가마와 쌀벌레

시아버지께서 우리 몫으로 남겨 주신 유산으로, 1980년 초부터 큰 댁에서 1년에 쌀을 90킬로그램 열 가마씩을 보내셨었다.

가을 추수가 끝나면 조카들이 트럭에 싣고 와서 마루에 날라다 주고 갔었다. 참 고마웠다.

식구가 기본 여덟. 전주에 살기에 친정 동생도, 부모님도 병원 오시면 자주 들러 함께한다. 1년 동안 그 쌀을 다 먹는다.

지금 생각해 보니 쌀을 밖에 두고 먹었는데 쥐도 입을 대지 않았다. 신통하다. 그 시절에는 국가적으로 쥐 잡는 날도 있었다.

쥐약을 나눠 주고 저녁 7시에 사이렌 울려 일제히 쥐 다니는 길목에 쥐가 먹도록 약을 놓던 때다.

얼마간 시동생(대학 1년)과 친정 막내 남동생(고 1)을 한방에 살게 했었다. 여름에도 그냥 두고 먹으니 쌀벌레가 생겼었다. 그 쌀로 밥을 해 도시락을 싸 주면, 내 동생은 도시락에 쌀벌레가 있다고 밥을 먹지 않고 그냥 덮어서 가져오곤 했었다.

보통 아닌, 보통의 나날들

새벽밥을 하면 잘 보이지 않는 거다. 그러던 동생이 해병대 가더니 물에 말면 쌀벌레가 둥둥 뜨는 밥도, 없어서 못 먹는 힘든 군 생활을 했다고 한다.

**서리 오기 직전 맨드라미와 방울토마토 가지를 꺾어
병에 꽂았다**
(컴퓨터 그림, 2009)

쌀 한 톨도 버리지 않고

음력 10월 27일. 시모님 기일이다. 좌선하다 생각났다.

60~70년대까지도 쌀이 석발石拔이 안 되어 돌이 섞여 있어서, 쌀을 씻어 조리질로 돌을 골라내고 밥을 했다.

그렇게 조심해도 늘 처음 푸는 밥그릇에 돌이 들어 있어, 어른이 첫 술을 뜰 때 와지끈하고 돌을 씹으면 치아에 이상을 줄 수도 있다.

그래서 예부터 조리 밑 쌀 한 수저쯤은 조리로 쌀 건지는 것을 멈추고, 남은 것은 돌째 부뚜막에 작은 단지에 부어 삭히고 모아지면 다시 씻어 돌을 골라 형체만 남은 쌀을 확독(돌확)에 갈아 체에 받쳐 풀을 끓여 낸다. 그렇게 끓인 쌀풀을 가게에서는 반대기(소래기)에 물조차 담아 가게 문 앞에 시원하게 내놓고 판다.

여학생들은 교복 칼라를 풀을 세게 먹여 다림질해 입는다. 여름에 땀이 나 하복 상의를 자주 세탁하고 풀을 먹이게 된다. 그런 때 밀가루 풀은 누렇고 쌀풀이 하얗다. 그래서 늘 가게에서 접시를 쥐고 반달 모양으로 떠서 파는 쌀풀 한 덩이씩을 사서, 간단히 풀하고 다림질해 깔끔하게 해서 입는 것을 생각한다.

지금은 옷들이 다릴 필요가 없는 것이 많으니 간편하다.

동생이 성심여고를 다닐 때 교복 치마가 맞주름 주름치마였다.

동생은 밤이면 요 밑에 교복 치마의 주름을 잘 맞춰 펴서 깔고 잠을 잔다. 아침이면 주름이 잘 잡혀 있다. 그렇게 교복을 입는다.

70년대는 참 일도 없이 그런 교복을 입었다.

봄빛에 하얀 목련이 곱다
(컴퓨터 그림, 2008)

생선 가시

~~~~~~~~~

할머니 댁은, 계화도 옆 염소라는 갯마을이 10여 리 떨어진 곳이다.

그곳 사람들이 해산물들을 읍으로 팔러 가는 도중에 우리 동네에 들고 와, 살 만한 집을 찾아와 사라고 조른다.

멀리까지 무거운 생선을 이고 걸어가서 팔기는 힘들고 조금 싸게라도 팔고 돌아가는 것이 낫기 때문이었으리라.

젓갈 독아지(독, 항아리)도 광에 일고여덟 개씩 담겨 있고, 포 떠 말린 갯장어도 장독대 커다란 빈 항아리에 넣어두었다가 여름에 논 지심(김)을 맬 때라든지 할 때, 일꾼들 점심 반찬으로 무를 잘라 밑에 깔고 포 떠 말린 갯장어를 토막 쳐 빨갛게 찌개 끓여 대접한다.

나는 그것을 먹다가 목에 가시가 걸렸었다. 병원은 멀고 그때는 장독대 옆에 흔히 옥잠화가 있어 그 잎에다 밥을 한 수저 싸서 깨물지 않고 꿀떡 삼키라고 한다.

그렇게 가시를 넘기게 한다. 지금이라면 병원도 가깝고 금방 꺼내련만. 그래서 나는 물고기를 잘 안 먹는다.

붕어찜이나 준치도 아무리 맛이 있대도 남의 살 한 점 먹자고 가시 걸려 고생하는 것보다 안 먹는게 낫다. 모임에 가서도 붕어찜이 나오면 나는 손도 안 댄다.

남편은 붕어찜을 좋아해서 출근길에 붕어를 많이 파는 것을 보면, 사다가 붕어찜을 해 놓으라고 전화를 한다. 할 수 없이 붕어를 사러 갔다가 죽은 것이 없으면 죽은 것 생길 때까지 옆에 앉아 기다렸다 사 온다. 그러고는 맛도 안 보고 찜을 한다. 그러니 음식이 입에 맞지 않았을 것이다.

그러면 그이는 석유 냄새 난다며 냄비를 들어 훌떡 화단 쪽으로 던져 버린다. 그래도 나는 맛을 못 낸다.

큰댁에 가면 내 손위 동서분은 묵은 김치를 밑에 깔고 고추장 양념 잘해서 뽀닷하게(빠듯하게) 졸여 내어 맛있게들 드신다.

소질이 각각이다. 나는 원래 가시 많은 물고기 종류 손질하기도 싫어하니 맛있게 하지 못한다.

활짝 핀 꽃기린

(컴퓨터 그림, 2008)

보통 아닌, 보통의 나날들

닭 요리 콘테스트

1979년 전주시 여성회관에서 대한양계협회 주관으로 닭 요리 콘테스트가 있었다.

나는 간편하고 쉬운 요리로 닭 불고기를 요리해 출품했었다. 닭가슴살을 결 반대로 얇게 썰어 고추장에 마늘 많이 넣고 갖은 양념을 해 뚜껑 있는 팬에 앞뒤로 구워서 만든 요리였는데, 내가 우수상을 받았다.

왕준연 씨가 직접 오셔서 시상을 하셨었다. 상품으로는 왕준연 씨의 『한국 요리』 책과 닭 한 마리와 달걀 열 알들이 한 팩이었지만 너무 뜻밖의 상이었다.

산나리
(컴퓨터 그림, 2009)

엄마들 헤어스타일

오래전 어느 날 어린 막내아들이 물었다.

왜 엄마들 머리카락 모양은 똑같냐고.

갑자기 답이 어렵다.

글쎄….

왜일까?

미용실 원장들이 하기 쉬워서?

나는 아니다.

여자들은 출산을 하면 영양을 아이에게 빼앗겨, 이도 약해지고 머리카락도 술술 빠져 헤성헤성(헤싱헤싱)해진다. 그러면 머리카락이 힘이 없어 주저앉아 납작해진다. 따라서 긴 머리도 초라해 보인다.

더욱이 나는 아이를 여섯 명이나 출산했고 모유를 1년 넘게 먹이고 이유식을 했으니 몸이 영양실조다.

나는 뒷머리가 목에 내려오면 걸리적거리고 신경이 쓰인다. 파마하고 1개월이면 컷을 하고 한 달 되기 전부터 신경이 쓰여 다시 파마를 한다. 그러면 앞머리가 힘이 생겨 세워진다. 눌리고 힘없어 쳐지고 딱 붙는 앞머리는 살려 힘을 주니 보기 좋아진다. 그래서일까? 나는 그렇다.

답이 되었나.

산수유 열매와 맨드라미 또 들국화
(컴퓨터 그림, 2009)

낙서 대비

～～～～

　70년대 초, 세 딸 들이 자라면서 병풍, 벽, 마루에 낙서를 했다.

　그래 안방 벽에다 갱지 전지 세 장을 나란히 붙여 놓고, "여기다가 각자 낙서를 하든, 무언가 그리고 싶은 것들을 그리고 놀아라."라고 했었다.

　아이들의 창의성이 하나씩 나타나게 되는 때, 못 하게 할 수는 없어 생각해 냈던 방법이었다.

이른 봄 산수유꽃과 민들레와 제비꽃과 나비 두 마리
(컴퓨터 그림, 2009)

아기용 침대

〜〜〜〜

40년 전쯤, 육 남매 중 막내인 아들이 첫 돌 지날 무렵인가. 위 형제들은 다들 학교 가고 어린 막내가 혼자 노는데, 엄마는 일해야 하고 아이가 마루에서 놀다 밑으로 떨어질까 봐 궁리를 했었다.

영화 〈자이언트〉 끝부분에 록 허드슨과 엘리자베스 테일러가 나이 들어, 아들이 흑인 며느리와 사이에 낳은 까만 피부 아이와 딸이 낳은 하얀 피부 아이, 둘이 침대 안에 서 있던 생각이 났다.

그래서 그런 모양의 침대를 주문했다. 그때 돈 5만 원인가 거금을 주고 맞추고 2,000원을 팁으로 주었었다.

그것을 마루에도 놓았다가, 방에도 놓고 막내아들이 떨어져 다치지 않게 그 안에서 놀게 하고, 설거지도 빨래도 할 수 있었다. 나중에는 세든 집의 두 아이들도 그 안에서 놀잇감을 주고 함께 놀게 했었다. 떨어져 두상 다치지 않게 하려는 에미의 생각이었다.

그러자 옆방의 애기 엄마가, 유치원 운영하다 중지한 동네 교회에

서 쓰던 목마를 얻어와 마당에 두고 울안에서 아이들이 함께 타고 놀
게 하는 아름다운 시절이 있었다.

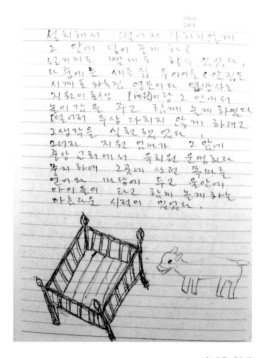

아기용 침대
(노트에 펜, 2019)

　　　　보통 아닌, 보통의 나날들

제일 좋은 상

막내아들이 국민학교 취학해서 1학기 끝나고 방학을 맞았을 때다.

나에게 무슨 상이 제일 좋은 상이냐고 묻는다. 잠깐 생각하다, "선행 상이 제일 좋지."라고 대답했다.

"그럼 어떻게 하면 그 상을 탈 수 있을까?" 한다.

그래 내가, "남이 하기 싫어하는, 꼭 해야 하는 일, 예를 들면 화장실 청소 같은 그런 일들을 한다면 선행상을 탈 수 있지 않을까?" 했더니, 그다음 2학기부터는 제가 혼자 학교 남녀 화장실 물청소를 한 것이다.

결국 2학기 마칠 때 선행상을 받아 왔다.

나도 놀라지 않을 수 없었다.

그때 내 말이 성적 우수상이 제일 좋은 상이라고 했다면 학과 공부 를 더 열심히 했을 것 아닌가?

에미의 말 한마디가 이렇게 중요한 것을 새삼 더 느끼게 했다.

막내아들이 초등 저학년 때는 집 주변에 친구도 없고, 위 형제들은 다 고학년으로 나이가 많아 같이 놀 사람이 없었다. 하여, 저희 초등학 교 앞에서 놀면서 구슬치기, 딱지치기를 하며 많이 따 오기에, "얘, 심 심해서 하는 것은 말 안 하지만 같이 놀고 헤어질 때는 다 나눠 주고 가져오지 말아라." 했었다.

그런데 4학년 때인가, 담임에게서 '아무개가 교실에서 지우개 따 먹는 놀이로 친구들 지우개를 모두 따갔다'고 전화가 왔었다.

그래 내가 담임 선생님에게 부탁했다.

"내일 제가 청소 시간 끝날 때쯤 찾아가 선생님 앞에 무릎을 꿇을 테니 놀라지 마시라."라고 하고 다음 날 학교를 찾아갔다.

엄마의 그 모습이 제 행동으로 인해 일어난 것임을 각인 시켜 주려고 했던 것이다. 그 지우개는 서류 봉투 반이 되는 부피였다.

다 돌려주었다.

막내아들은 중학교 입학해 담임 선생님이 학급에서 사용할 주전자, 물컵, 쟁반 등이 필요하다고 하시니, 손을 들고 "제가 가져오겠습니다."라고 했단다.

그래서 우리랑 같은 아파트에 살고 있는 남부시장 그릇집 하는 분께 주문하고 학교로 배달을 시킨 적이 있었다.

또 2학년이 되어 신학기에, 교실에 비치할 도서를 한 권씩 가져오라 하셨다며 큰 가방을 챙겨 그 가방 속에 책을 가득 담는다. "무거워서 어찌 가져가니?" 하니, 친구 불러 떠메고 가져갔다.

고등학교 들어가서 학부형 총회에 가니 역시나 이 아들이 교실이 2

층인지 3층인지는 잊었으나 학생들(한 학급에 40~50명) 먹을 우유를 점심때마다 매점에서 날라 다 주는 봉사를 하고 있다고 담임 선생님이 말씀을 하셨다.

등등….

선행상이 제일 좋은 상이라고 말한 에미의 보석 같은 아들 이력을 써 보았다.

원격 조종으로 어긋난 포토샵을 고쳐 준
막내아들에게 행운을
(컴퓨터 그림, 2008)

금덩이도 모르면 돌덩이

~~~~~~~~~~~~~~~~

남편이 퇴직 후, 큰 시누님 아들들이 운영하는 중국 회사에 부총경
리로 근무를 했었다,
　나는 중국 가서 두 달씩 남편 뒷바라지를 하고 왔다.

　어느 해였나. 1993년경인가. 직원들 기숙사 협소한 방에 청년들이
20킬로그램들이 여행 가방 두 개를 무겁게 들어다 놓고 갔다. 공원들
의 수많은 가족들 생계에 쓰일 생명인 월급, 고무 밴드로 낱낱이 묶은
중국 돈이었다.
　월요일 나누어 줄 현금을 담은 무거운 금덩이였다.

　남편은 도둑이라도 들까 무서워했다.
　나는 그저 아이들 소꿉장난 종이돈을 묶어 놓은 것 같지, 귀중한 돈
으로 생각이 안 되어 편한 마음이었다.

　아무리 좋은 것도 좋은 것인지 모르면,
　굴러다니는 돌덩이와 같다.

가치를 알아야 귀하다.

모르면 쉽게 버릴 수 있다.

별들
(컴퓨터 그림, 2007)

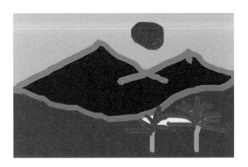

처음으로 그린 컴퓨터 그림
(2007)

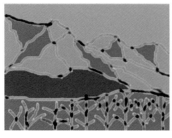

앞 베란다에서 보이는 모악산 줄기
(컴퓨터 그림, 2008)

한벽당에서 바라본 앞산
(컴퓨터 그림, 2007)

모악산 뒤로 넘어가는 해님
(컴퓨터 그림, 2009)

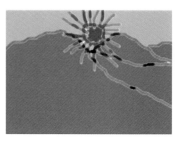

모악산 사이 낙조
(컴퓨터 그림, 2008)

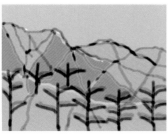

눈발이 남아 희끗한 모악산
(컴퓨터 그림, 2008)

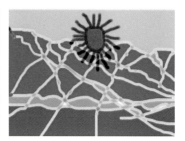

모악산 해넘이
(컴퓨터 그림, 2008)

보통 아닌, 보통의 나날들

어떤 식사 초대

~~~~~~

90년대 중반 내가 중국에 남편 회갑과 진갑 맞춰 갔을 때였다.

어느 날 중국 곤산 모 은행의 은행장 초대로, 우리 부부랑 그곳 박스 공장 이사님이랑 함께 은행장 아파트에 갔던 일이 있었다.

아파트 평수는 그리 크지 않은데, 현관 바닥에는 대리석이 깔려 있었다. 거실에는 식탁이 빙글 돌려 먹는 중국식 둥근 원탁이 있는데, 주인과 남편은 서로 자리 양보 다툼을 하고, 통역하는 여자랑 박스 공장 이사님과 나는 그 입구 쪽에 앉았다.

작은 체구의 은행장 부인이 직접 많은 요리를 해 직원인지 남자 한 분과 함께 서빙을 했다.

주인인 은행장과 남편은 서로 술을 권하고, 우리 일행은 식사를 하는데, 그 많은 음식 중에 내가 먹을 수 있는 요리가 없었다.

자라찜도 있고, 팽이버섯처럼 생긴 것이 들어 있는 스프가 있어 조금 떠먹었더니, 통역이 중국말로 뱀살 발라 넣은 뱀탕이라고 했다. 나는 못 알아들었다.

남편이 말을 못 하게 통역을 쿡 찌른 것이다. 후에 숙소에 와서 남편이 말해 주어 알았다.

부추 나물 볶은 것을 조금 먹어 보니 간이 어찌나 짜던지, 배를 곯고 숙소에 와 찬밥 한 덩이에 김치로 배를 채웠다.

한번은 사무를 보는 오 모 청년이 결혼하는 데 남편이 축하금을 주었던가 보다. 그 청년이 초대해서 그 댁에 갔었다.

아버지는 군인 인상으로 체구가 건장하고 자존심 강하고 뚝심 있어 보였고, 어머니는 작은 체구로 인상이 좋아 보였다.

아래채에 부모가 계시고, 2층에 신방을 차렸다.

식사는 아래채에 차려졌다. 역시 그곳도 흔히 빙글 돌아가는 2중 원탁이었고, 그 위 음식을 가득 준비한 성의를 보았다. 그 어머님의 정성을 받게 되었다.

곤산이 더운 지역이어서지, 그 댁 음식도 간이 너무나 강했다.

부추 나물이 제일 쉬워 먹을라니 역시나 도저히 짜서 먹을 수가 없었다. 결국 눈으로만 먹고 숙소에 와서 또 찬밥 덩이로 배를 채우고 잤다.

두 차례 식사 대접을 융숭히 받은 일이 기억에 남는다.

활짝 핀 산수유와 벌 두 마리
(컴퓨터 그림, 2008)

남편에게 한 달 동안 받은 큰절

한 20년 전이다. 남편이 퇴직 후 위암 수술로 집에서 지낼 때다. 어느 날부터인가 나에게 매일 저녁이면 큰절을 하기 시작했다.

하지 말라고 말리며, 그러면 집에 모신 일원상 부처님 앞에 하시라고 했더니, 아니라고, 나는 당신에게 직접 해야겠다고 하며 그해 2월 한 달을 꼬박 절을 했다.

옆방에 아들이 보면 놀란다고 법신불 일원상 앞에 하시라고 해도, 고집을 하고 술 마시고 와서도 내가 먼저 자고 있으면 "나 오늘 절 안 했는데." 하면서 지금이라도 한다면서 내가 누워 자는 발밑에서 절을 하는 것이었다.

후에 내가 물었다. 누가 내게 절을 하라고 했냐니까, 친하게 지내던 한의원 원장이 그렇게 하라고 권했더란다.

이유는 모르겠다.

두 분 다 돌아가셨다.

나의 산부처님

~~~~

　스물세 살에 결혼 후 바로 첫아이 낳고 두 살 터울로 다섯째까지 거듭 낳아 기르며, 빨래며 도시락, 남편 비위 맞추면서 살아 낸다는 것이 내 부족한 능력으로는 벅찼다. 그 뒤 일곱 살 터울로 막내아들을 출산하고 정말 내 삶이란 없었다.

　그래 가족에게 선언했다. "사람이, 익은 감도 땡감도 떨어지는데 내 시간이 없어 안 되겠다. 일요일 오전 시간은 교당에 다니련다." 아무도 반대를 못했다. 그때부터 일요일만 되면 차려입고 교당을 다니게 되었다. 그러다가 몇십 년 흘러 법사위도 오르는 영광을 누렸고, 어머니 같은 나이 든 분들과 10人 일단 책임자도 되어 봉공회 일도 나름 열심히 했다.

　그러다가 일흔 살 되는 신정절 의식 중에 우연히 머리에 떠오르는 한 가지 생각이 있었다.

　"내가 친부모님 밥을 23년간 먹고, 스물세 살에 결혼 후 남편 밥을 두 배를 먹었다. 남편 과음해서 늘 속을 끓이고 했으나 저 남편이 있어 육 남매 낳아 저만치 길러 내고 가르쳤구나. 그렇다면 나의 산부처가

저 남편 아닌가. 결국 좋네 낫네 하고 살았지만 나에게는 저 남편이 고맙고, 산부처님이구나.”

그 생각이 떠올라, 신협에 가서, 단회비 걸었던 것 50만 원 남은 돈을 함께 일하는 분 계좌에 이체해 주고는, “나, 금년부터는 그만 나와야겠다.” 하고 집에 왔다.

그러고는 남편에게 그대로 말을 했다.
“당신 참 고맙다. 이제부터 교당에 안 나가고, 남은 시간을 당신과 함께 산책도 하고 살겠다.”라고.
남편 그 말을 듣고 아무 말 않고 자기 방으로 들어가더라. 이제 70 되니 저 여자가 뭘 깨닫게 되는가 싶어 울컥해 방으로 들어가신 게다.

그리고 1년 반 동안 아침 먹고 9시 되면 운동을 겸해 함께 들녘을 걷고, 늦가을에는 서리 맞은 늙은 호박이 널브러진 것도 주어다가 베란다에 쌓아 놓고 삶아서, 그 물을 드시더니 소변보기가 수월해졌다고 좋아해서, 한 해 겨울을 어찌 났는지 모르게 지나갔다.
그렇게 1년 반을 꿈같이 잘 지내다가, 남편이 80세 지나고 가을 입구에 저세상으로 떠나 버렸다.
손에 들고 있던 귀중품이 손가락 사이로 빠져 버린 느낌으로 우울

했다.

아들 · 손자며느리와 우리 부부 밤 벚꽃놀이
(컴퓨터 그림, 2008)

가을걷이

~~~~~~~~~

7~8년 전, 아침이면 이웃에 사는 5년 위 형님 두 분과 산책 겸 운동을 다녔다.

추수가 끝난 가을 들녘은 내 눈에 먹거리가 널려 있었다. 도랑 옆 언덕에 윤이 나는 빨간색 갓이 넓직한 잎을 자랑하고, 무청만 잘라 내어 그늘에 널어 시래기를 만들며 수거하지 않는 버려진 무가 밭에 하얗게 널려 있다. 서리 맞아 누런 풀 속에 불긋불긋한 버려진 늙은 호박들이 즐비하게 뒹굴어, 아까워 죽겠다. '썩을 텐데, 얼면 못 먹는데, 안 되겠다.'

세 명의 할머니들은 무거워서 들을 수도 없을 만큼, 무와 빨간 갓들을 주워서 콜택시를 불러 타고 돌아왔다.

큰 김치 통에 그 빨간 갓으로 갓김치를 다둑다둑 담갔다. 그 갓김치가 잘 숙성되어 김치냉장고 깊숙이 지금도 있다. 얼마 전 너무 오래되어 버려야 할 것 같아 딸들이 꺼내어 맛을 보고 다시 김치 냉장고에 넣어 둔다. '찌개 좋아하는 미국 외손녀가 오면 요긴하겠지.'

무는 소금에 짜게 절여 물이 빠져 쪼글거릴 때 소쿠리에 건져 놓았다가 설탕에 다시 절여 돌로 꼭꼭 눌렀다. 여름 반찬으로 명품 요리가 되어 맛보시라고 두어 쪽씩 이웃 두 분 형님들에게 나누어 드렸다. 당신들은 무김치로 담갔다고 한다. 다음엔 그분들도 나처럼 하겠다고 했으나 잘 안되었는지 반응이 시원치 않았다.

민들레꽃과 나비
(컴퓨터 그림, 2007)

늙은 호박

운동 다니면서 들에 널브러진 버려진 늙은 호박들을 하나씩 주워다가 앞 베란다에 쌓아 놓고 도라지와 은행, 민들레, 생강 등을 넣고 삶아 소쿠리에 받쳤다.

남편이 넘어다보기에, "늙은 호박은 이뇨 작용이 있어 소변을 잘 보게 하니까, 옛날에는 아이 낳고 부기 빠지라고 해 먹기도 했다."라고 했더니, 눈을 반짝 빛내고, "그래? 그럼 나도 한번 먹어 볼까?" 한다.

"그러세요."

그때부터 주로 남편이 열심히 드시더니 소변 보기가 훨씬 좋아졌다고 했다. 전립선 비대증으로 비뇨기과에 다니던 때라 참 좋아한 것이다.

그해는 들에 호박이 많이 널려 있어 베란다에 수북하게 주워다 놓고 삶아 대느라고 겨울이 다가는 것도 잊고 살았다.

간혹 시내 변두리 가든 식당에서 모임을 하게 되면 들녘마다 잘 자란 민들레들이 있어 뽑아서 비닐봉지에 담아 왔다.

이웃의 두 분 형님들과 경쟁하듯 수거 해다 남편들에게 대접했다.

그때가 좋았다. 세 분 남편들 동갑이었는데 지금은 모두 돌아가시고, 두 분 형님들은 치매가 와 요양 병원에 계신다.

늙은 호박
(종이에 수채화, 2018)

호박
(종이에 수채화, 2018)

무장아찌

지난해 큰 남동생이 암 수술을 받고, 추석 전에 미리 성묘차 서울 사는 사 남매가 익산으로 와 합해서 일곱 명이 익산 사는 여동생 집에서 모였을 때 일이다.

누나가 담가 준 무장아찌가 맛나다고 또 해 달라고 했다. 나는 몸이 건강치 못해서 "이제는 못하지."라고 했더니 여동생과 합세해서라도 해 달라고까지 부탁하는데, 흔쾌히 답을 안 하고 헤어졌었다.

'그런 말을 할 동생이 아닌데 늙으니 꼭 엄마 반찬이 생각나 강조해서 부탁하는구나.' 내가 허리 척추 협착증으로 잘 걷지 못하게 되어 못한다 했으나 마음에 걸렸다.

김장 때 무가 적당치 않아 마트에 문의했는데 그때는 없고, 김장 끝나고 나니 좋은 무가 왔다고 전화가 왔다. 큰딸은 감기 기운이 있어 약을 먹여 김장을 끝냈는데, 두 번 생각도 않고 "네 외삼촌 복이구나." 하고 2만 원 값만 배달해 주시라고 해서 간신히 딸이 씻어 쪼개어 초벌 소금 절여놓고 갔다.

며칠 지나니 물이 흠뻑 나와 따라내고, 무를 다시 조금 작은 통에 옮기면서 새로 소금을 추가해서 돌로 눌러 놓았다. 한 이틀 후 다시 더 절여져 소금물이 흐르고 무의 자른 면이 쪼글쪼글해졌다. 건져서 더 작은 통에 김치 담을 때 넣는 비닐봉지를 넣어 그 안에 설탕에 둥글린 무를 차곡차곡 담아 설탕을 위에 더 뿌려 주고 입구를 잘 접어 다시 무거운 돌을 얹어 눌러 놓았다. 며칠이 지나니 설탕에 잘 절여진 무에서 또 물이 흘러넘친다.

두 달쯤 되어서 설 전에 미리 성묘온다고 서울 동생들이 함께 모여 선산까지 돌고, 선운사 근처 연수원에서 일박하고 내가 수 대로 나누어 간 무장아찌를 밥상에 한쪽 썰어 놓았다. 모두들 좋아한다. 고기반찬도 아니고 싼 무장아찌가 이런 대접을 받게 될 줄 몰랐다. 모두들 조금씩 나누어 가져가 집에서들 환영받았다고 만드는 법을 카톡에 올려 달라 해서 가르쳐 주었다.

나도 제주도 무 한 자루를 또다시 담그게 되었다. 힘은 들지만 떠나기 전, 비법도 아닌 것 가르쳐 주고 담가 주어야겠다 생각하고 세 번째 소금 절여 돌로 눌러 놓고 이 글을 쓴다(코로나19가 시작되기 전 일이다).

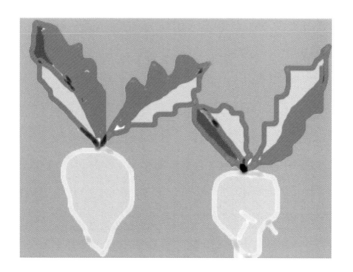

무

(컴퓨터 그림, 2008)

보통 아닌, 보통의 나날들

우리 부모님의 열반

~~~~~~~~~~

　어머니 65세에 암 수술을 하게 되어 입원하셨는데 아버지마저 중풍이 와, 한 병원 다른 병실에 입원하셨다. 연달아 어려운 일이 이어지게 되어 어렵게 그 큰 집을, 평소에 존경하는 어른 도움으로 팔게 되고 어머니와 아버지는 서울 남동생 집으로 들어가시게 되었다.

　10여 년 그렇게 저렇게 힘들게 사시다 어머니 먼저 세상을 뜨셨다. 아버지는 어머니 49재, 100재까지 지내 주신 1주 후, 어머니 생일에 묘원에 다녀 선산도 가셔서 망배하고 우리 집에 오셔 잠시 쉬시다 서울 길 막힌다고 동생들이 서둘러 모시고 떠났다.

　그리고 일주일 후 새벽 2시까지 야구 구경하시고 심장에 무리가 오게 되어 동생이 119도움으로 가까운 목동 이대병원 응급실로 3시에 들어가시고 아버지 위독하시다고 5시에 막내 동생에게서 전화가 왔다. 정신을 차리자 하고 주변에 막내 고모님, 여동생에게 먼저 전화하고 준비하는데 다시 전화가 왔다. 7시 5분에 운명하셨다고 한다.

　쿵! 허망하고, 어찌할지!

　그렇게 가시고 장례 모시고, 재는 형제들이 멀리들 사니 그곳 교당에서 각자 지내고 7재는 모여서 지내기로 하는데, 2주 동안 눈물로 살게 되어 그날부터 저녁 7시면 혼자서 기도를 했더니, 2주를 매일 집에서 7시마다 기도한 보람인지 눈물이 그치게 되었다.

49재에, 100일재까지 잘 모셔드렸다.

기일 때면 산소에서 모여 기도하고 펜션 빌려 일박하고 온다. 내 밑 여동생이 70살 지나고 췌장암 앓다가 두 달쯤 고생하고 먼저 떠나고, 지금은 우리 칠 남매와 작은아버지 외동딸이 함께해, 여덟이 다닌다.

아래는 모친 먼저 가신 뒤, 우리 부친 쓰신 글.

외로운 산책

노상 같이하던 산책 코스
항상 따라 주던 그대 없이
나 홀로 쓸쓸히 걷네

개나리는 지고 사과꽃도 졌네
모과나무는 꽃을 머금고
자주색 라일락만이 향기를 품네

청려장靑藜杖에 의지하여
비틀비틀 아파트 후원을 걷네
겨우겨우 400보를 와서
예의 그 자리 돌덩이에 걸터앉아
병든 다리 피로를 풀고 있노라니
만개를 기다리는 적색 백색의 일영산이
내 외로움을 위로하네

저만치 200보나 될까
당신이 그토록 가지를 휘어잡고
열매 따려 몸부림치던 그
산사자나무 밑에 그대 어른거리네

임종 때도 안 나온 눈물
오늘따라 가슴에 솟구치네

1965년부터 2012년 9월까지 203

기도
(종이에 수채화, 2013)

보통 아닌, 보통의 나날들

엄마의 기일

～～～～～

오늘은 우리 형제 엄마의 기일이다.

서울 사는 동생들이 김포 공항에서 차를 리스해서, 익산 왕궁 산소까지 와서 다른 형제들과 합세하려고, 차를 예약했던 것을 취소하게했다. 요즈음은 모임들을 모두 취소한다.

중국 우한에서 시작된 코로나19 바이러스가 세상 문을 닫게 한다.

형제들과의 만남을 원해 엄마의 기일을 기다렸는데 세상이 수상하다. 70 넘은 형제가 셋이다. 막내동생들이 환갑이 되어 간다. 그래서아쉽지만 이번에는 각각 집에서 정성을 들이며 감사함을 느끼고 표하는 것이 좋겠다고 말렸다.

그동안에도 바이러스는 늘 있었지만, 이번 코로나19는 6·25 전쟁을겪은 나로서는 참 불안하다.

소풍 오듯 다녀가거라

～～～～～～

6월 14일은 친정 부친 기일이다.

칠 남매가 함께 익산 왕궁 영묘원에 성묘를 가기로 했었다.

그런데 밤새 비가 많이 왔는지 아침 6시쯤 핸드폰을 보니, "4:30 전
북 지역 호우 주의보가 내렸고, 산사태도 위험하니 외출 자제 바랍니
다." 하는 공공 안전 문자가 떠 있다.

그래, "어, 다른 날로 미룰 걸 그랬나." 걱정하며 카톡으로, "취소하
자."라고 하니, 셋째 남동생은 이미 전철 타고 출발 했다고 한다. "그럼
나는 집에 있으련다. 늙은이 극성맞다는 소리 듣기 싫다."라고 했다.

9시 지나 비가 좀 뜸해지니 막내 여동생에게서 전화가 왔다. "언니.
우리가 아침 일찍 나와서, 전주에 가서 콩나물국밥집에서 식사하고
언니 모시러 갈 테니 편히 기다리고 있어." 한다.

그렇게 동생들과 만나 함께 차를 타고 익산을 향해 가는데, 조금 전
콩나물국밥집에서 있었던 일을 이야기 한다.

얘기인즉슨, 셋째 남동생이 "이 밥 먹으려고 서울서 일부러는 안 오
겠다."라고 해서, 여동생이 "오빠— 이 김치 맛있으니 남은 것 싸 갑시

다. 김치만 해도 밥값은 되겠다."고 따독거렸단다.

카운터에 있던 주인이 남매의 대화를 들었는지, 얼른 안에 가서 묵은 김치 한 통과 김 다섯 봉지를 들고 와 보자기에 싸서 주더란다. 그래 돈을 5만 원을 냈더니 아니라고 안 받고 밥값만 받았다고 한다. 무슨 그런 일이 있나. 뜻밖에 생각지도 못한 묵은 김치 한 통을 모르는 인연으로부터 선물을 받고, 사 남매가 그 인심에 흐뭇해하며 얘기한다.

익산 여동생 집에 모두 모여 간단히 식사하고, 셋째 남동생이 커다란 옷 가방을 풀어놓는다.

일하는 곳에서 철 지난 진열 옷들 모아서 가지고 와, 아껴 쓰고 나눠 쓰고 바꿔 쓰는 아나바다 장터가 되어 서로 맞는 것들을 고른다. 우리 집에는 여러 아들 딸들 있어 풀어 나누면 되므로 남는 것 다 챙겨 놓는다.

내 둘째 딸네는 시골에 귀농해서 여기저기서 입을 것들이 나누어 있어야 되고, 또 그곳도 여러 남매들 있으니 필요한 사람 나눠 입겠지.

산소로 가서 보니 그 많은 비가 온 뒤라, 잔디가 수북이 자라 파랗다. 골프장처럼 좋다.

우리 부모님 생전에 하신 말씀이, "산소는 자식들이 소풍 오듯 다녀갈 수 있는 곳이 명당이다."라고 하셨었다.

우리 부모님 산소에서 의식을 치르고, 밑에 내 남편 묘지까지 들러 독경하고, 납골묘에 들러 숙부님도, 큰집 사촌 오빠 묘 위도 기도와 독경하고 내려왔다. 막내 여동생은 위 단지의 즈이 시부모님 묘소에도 가서 인사하고 함께 차에 올랐다.

곧장 곰소에 가 백합죽을 먹고, 내소사 옆쪽 길로 나오는데 근처에 작은 폭포가 내려 쏟는다. 비가 많이 온 탓에 평소보다 물이 많이 쏟아지는 처음 보는 풍경이다.

성악하는 막내 여동생의 노래도 들으며 눈 호강 귀 호강도 하고, 다시 부안으로 가 부모님이 마지막 사셨던 집터에도 올라가 보고 회포를 풀며, 원만하게 동생들과 소풍을 다녀왔다.

부모님께 감사드린다.

운전에 신경 쓴 막내 남동생이 제일 수고했다. 부모님이 다 보시고 있으리라.

흐뭇해하셨을 것 같다.

모두들 건강하거라.

즐거움(화장찰해華藏刹海)

(컴퓨터 그림, 2008)

한련화

작년에 익산 동생 집에 한련화가 환히 피었기에 씨앗 세 개를 받아 왔었다. 겨울이지만 화분에 이치기로 묻어 두고 물을 주었었다.

두 개는 썩고 한 개가 싹을 틔워, 기특해서 좀 더 큰 화분에 옮겨 심어 주었다. 그 후로 자주 눈 맞추며 물을 주니, 겨울인데도 넓은 잎이 꽃처럼 예뻐 보였다. 그래 사진 찍어 자랑삼아 동생에게 카톡으로 보내고 했다. 자꾸 넝쿨이 길어 나서 한 가지 끊어, 옆에 알로에 화분에 꺾꽂이로 꽂아 두었더니 곁에서 함께 가지를 뻗어 그곳에도 지주목 세우고 끈으로 돌려 주며 키운다. 어제 처음으로 첫 번째로 주황색 꽃 한 송이가 밝게 피어나 반겨 준다.

참 고맙고 감사하다.

어제 날씨, 비도 오고 우중충한데 사람의 기분을 이렇게 살려 준다.

사진 찍어 동생들 단체 카톡에 올리고 공유한다.

오늘 나가 보니 세 송이가 줄지어 만개해 있다.

참 신기하도다.

씨앗 하나 성공해 선도 악도 이와 같으리.

한련화

(종이에 수채화, 2020)

부끄러움

나는 가끔 부끄러운 생각으로 얼굴을 붉힌다.

스무 살 되도록 밥할 줄도 몰라, 선배 언니가 함께 자취하자고 할 때, "언니, 나는 밥할 줄 몰라."라고 했다.

팔 남매 맏딸로서 그 시절 60년대 초급대학을 다니면서 하숙을 하며, 배우려 내 스스로 노력은 안 하고 편히 남의 손으로 차려 주는 밥상을 받아먹었다.

부끄러운 줄도 모르고 살았던 것이 낯이 뜨겁다. 밥상 한번 내어 설거지라도 돕는 일도 해 보려는 마음을 못 내고 지냈던 어리석고 멍청한 내가 부끄럽다.

하여, 내가 두 살 터울로 네 딸을 낳아 기르면서 딸들 국민학교 때부터 돌아가면서 설거지를 하라고 시켰었다. 그랬더니 셋째 딸이 3학년쯤 되었을 때인가, 친구랑 노는데 엄마가 불러 설거지하라고 해 부끄러웠다고 한다. 넷째 딸은 "엄마, 나 설거지 좀 시키지마. 내가 시집가면 엄마 식모도 구해 주고 모든 것 다 해 줄게."라고 말했다. 그러더니 정말 지금은 별별 것을 다 사 온다. 이제는 허리 아파서 신을 수 없는 구두도 셀 수 없이 사다 쟁였고, 액세서리, 스웨터, 그릇 등 기회 닿는 대로 사 주고 용돈도 주고 잘한다.

내가 잔인해서 그런 것이 아니었다. 우리 어머니가 젊었고 집에 일 도와주는 언니가 엄마랑 일을 다 하며, 나는 그저 공부나 하고 편하게 내버려 뒀었다. 그래 나는 밥은 물론, 할 줄 아는 일이 없었다. 내 어머니가 고맙기도 하고 미안하고, 또 한편 모르면 가르쳤어야 하는 것을 그냥 내버려 두었기에 그냥 그렇게 사는 것으로 지내다가 결혼하고 자녀도 여섯을 두고 살자니 힘이 들었다.

여자는 암만 잘 배웠어도 집에 들면 살림을 알아야 남의 도움을 받 더라도, 주인이 알고 시킬 수도 있는 것을 생각해서, 아직 어린 딸들에 게 일단 쉬운 설거지부터 시켰었다. 결국 결혼하고 혼자 할 때 서툴러 서 모르면 자신만 답답하다.

또 내가 홀로 서려 할 때 내 주장을 할 수 없기에 경험자로서 그렇게 시켰다.

울 밑에 선 봉선화
(컴퓨터 그림, 2008)

보통 아닌, 보통의 나날들

귀여움도 이쁨도
결국 자기에게서 나오는 것

언젠가, 외출하고 돌아와 보니 둘째 딸 친구 중, 한 아이가 집에 놀러 왔다가 TV 앞에서 마늘 한 접(100개)을 다 까놓고 갔더라. 놀랐다. 지금도 그 애 이름도 잊지 않고 예쁘게 생각한다.

2018년 여름 내가 넘어져 발목을 다쳐, 딸이 보러 오면서 오랜만에 그 친구랑, 친구들 서넛이 함께 왔었다.

모두 내 딸 같아 안아 주었다. 그 아이—이제는 결혼해서 다 엄마가 되었지만—엄마는 반찬 가게를 해서 늘 엄마 손 도와주는 것이 일상이 되어, 자연스레 그런 행동이 나온 것이다. 기특하다.

결국 자기에게서 귀여움도 나오는 것. 엄마 밑에서 하는 것은 자존심 상할 것도 없고 당연한 것이다.

외손녀도 오면 일부러 청소기도 한 번씩 돌려 주고 가라고 한다.

공부는 계속된다

남편은 퇴직 후 모악산을 다니다가 서예 공부를 한다고 서실을 다니면서 열심히 붓글씨를 썼었다. 서실 단체 전시도 출품하기도 했었다.

그러기를 몇 년 하다가 그만두고 민족문화연구원에 등록해 또 열심히 『대학』부터 『주역』까지 떼고, 나 『주역』이 술술 읽어진다고 책거리를 해 달라고 했었다.

옛날 서당에서는 책 한 권 뗄 때마다 책거리라는 행사를 했던가 보다. 그래 막걸리를 드셨던 것 같다.

나는, 처음 국가에서 실버 인터넷 보급을 한다는 신문 광고를 딸이 오려 주며 아버지랑 꼭 같이 등록해 컴퓨터를 배우라고 했었다.

그래서 함께 배우기를 청했는데 자기는 시간 없다고 나만 가서 배우라고 했었다.

할 수 없이 남편 대신, 친구와 함께 전북대에서 1주에 네 번 컴퓨터를 배우게 되었다.

컴퓨터 켜고 끄기부터 1개월을 배워 도미니카에서 회사 다니는 딸에게 남편이 노트에 편지를 써 주면 한참씩 독수리 타법으로 옮겨 이

메일을 보내고 했었다.

그 뒤 그 실력으로 컴퓨터에 그림도 400여 점 넘게 그리기도 해서, 2019년부터 인스타그램에 재미 삼아 내 그림과 내가 찍은 사진들을 올리고 있었다.

지금은, 내가 기억하는 내 얘기를 2년 동안 노트에 써 오던 것을 인스타그램에 내 그림과 글 한 편씩을 연재하듯 올린다.

가을 분위기를 내 보고 싶었는데, 수채화가 아니라
(컴퓨터 그림, 2009)

난생처음 그림을 그려보다
—컴퓨터로 그림그리기
~~~~~~~~~~

2008년경쯤, 김점선 화백의 책 『바보들은 이렇게 묻는다』를 읽었다. 책에서 김점선 화백이 오십견으로 그림을 그릴 수 없다고 하니, 아들이 컴퓨터를 안고 와 설치를 해 줘 그곳에다 그림을 그리게 되어 좋다는 대목을 읽었다.

'아— 컴퓨터로도 그림을 그리는구나' 생각했다가 마침 서울에 있던 막내아들이 왔기에, "얘. 컴퓨터로도 그림을 그린다는데 그것 좀 찾아 줘라." 했었다.

그래서 막내아들이 그림판을 찾아 주며, 모악산 끝자락을 아우트라인을 그려 보아 주었다.

그래 실험적으로 무작정 제비꽃도, 민들레꽃도, 매화도, 국화도, 냉이꽃, 무, 배추 되는대로 그려 보았다. 재미가 난다.

아우트라인을 그리고 원하는 물감 색을 마우스로 움직여 찍으면 색이 칠해지니 즐거웠다. 틈만 나면 매일 재미나게 그렸다.

며느리도 보고, "어머니 그림은 색이 예뻐요." 하고 칭찬을 해 준다.

"그러니? 고맙다."

매일 컴퓨터 앞에 앉아 그림을 그렸었다.
김점선 화백 책 덕분입니다. 감사합니다.

내게 그릴 수 있는 용기를 준 **故** 김점선 님께
그분이 즐겨 그린 붓꽃을 바칩니다
(컴퓨터 그림, 2008)

사랑하는 기선이가 열반 후 정법 만나 극락왕생 하기를 바라며

(종이에 수채화, 2016)

보통 아닌, 보통의 나날들

3.25. 基芳

히아신스 화분을 사 와서

(종이에 수채화, 2016)

1965년부터 2012년 9월까지

닭 1, 2, 3, 4
(종이에 수채화, 2015)

보통 아닌, 보통의 나날들

호박넝쿨

(종이에 수채화, 2014)

쓰레기장에 버려진 갓 줄기 하나를 주워 와 병에 꽂다

(종이에 수채화, 2017)

치과에서 본 풍란
(종이에 수채화, 2018)

보통 아닌, 보통의 나날들

내 수영복의 꽃무늬가 예뻐서

(종이에 수채화, 2015)

수영장에서 1, 2
(종이에 수채화, 2015)

보통 아닌, 보통의 나날들

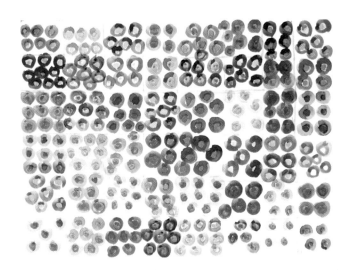

비단 집에 진열된 둥글게 말아둔 비단들
(종이에 수채화, 2016)

2016.4.10

2016.4.13 基芽

2016.4.28. 기표

난 시리즈
(종이에 수채화, 2016)

2016.4.27. kikyo

허브농장
(종이에 수채화, 2018)

보통 아닌, 보통의 나날들

베란다에서 바라보는 풍경화

(종이에 수채화, 2018~2020)

1965년부터 2012년 9월까지

베란다에서 본 풍경
(종이에 수채화, 2018)

그리고 지금

그림일기

~~~~~

남편 가시고 무료했던 그때, 몸은 성한데 TV만 바라보다 바보 되겠
구나 하고, 연필로 화면에 나오는 패널들 얼굴 특징을 그려 보기 시작
했다. 그걸 보고 자식들이 "어! 어!" 하며 놀란다.

그러더니 어느 날 물감으로도 그려 보라며 큰딸이 수채화 물감과
팔렛트, 가늘고 굵은 붓, 스케치북을 가져다주기에 내 주변에 많은 꽃
들을, 골목 앞에 산수유, 목련, 동백, 코딱지나물꽃에 나비들 모두 신기
해서 그렸더니 6~7년 쌓인 것이 어느새 70권쯤 된다.

그냥 붓에 물을 적셔 물감을 찍어 그려 보기 시작했는데, 연필로 그
리던 것보다 색채가 나오니 또 다른 흥미가 생겼다. 그냥 집 주변에 있
는 민들레꽃, 제비꽃, 강아지풀, 달개비꽃, 나팔꽃과 나비, 집에서 키운
난, 제라늄, 사랑초꽃, 보이는 대로 느낌만 그린다.

누구에게 배운 것도 아니고, 어디 내놓게 잘 그린 것도 아니고, 그저
마음 가는 대로, 눈 가는 대로, 손 가는 대로 그린 나의 그림일기다. 내
생에 그림을 그려 보리라는 것은 꿈에도 생각지 못한 행동이다. 집에
서 할 일이 없어 그냥 한 것이 이렇게 많아진 것이다.

보통 아닌, 보통의 나날들

5절 스케치북에 그려오다가 얼마 전부터는 2절지 스케치북을 주문해서, 앞에 보이는 모악산 끝자락과 해성고 뒷산까지, 집 앞에 논이 있어 사계절 바뀌는 모습을 담게 되었다.

　　집에서 혼자서 느낌 그대로를 붓질을 한다. 기초는 모르지만 그냥 내 마음을 표현한다.

눈이 소복이 와 봄꽃을 그리며
(컴퓨터 그림, 2008)

I can do it!

~~~~~~

넷째 딸이 전부터 "아빠가 돌아가셔서 이야기해 줄 사람이 없으니, 우리 세대가 잘 모르는 일들에 대해 엄마가 기억하고 있는 이야기들을 글로 써 보면 좋겠다."라고 몇 번 인가 말을 했었다.

그래서 2019년 여름, 나는 못 쓰는 글이지만 그래도 내 나이에, 50~60년대 아홉 살 무렵에 6·25 전쟁을 겪은 세대로서 기억하는 것을 조금씩 써 보기로 했다. 그리고 내 그림들 몇 작품 골라 삽화로 해서 책으로 묶으면 어떨까 하는 생각이 나서 용기를 내게 되었다.

여러 해 동안 다니고 있는 미장원에 가서 원장과 수다 떨 때, 내가 그린 그림 사진을 보여 주고 하니, 그분도 결국 작은 두꺼운 노트와 색연필을 사서, 옛날에 손수건 위에 수놓듯 그림을 그리기 시작했다.

또, 내 막내 고모님(89세)이 고숙 돌아가시고 잠은 안 오고 심심해하셔서 그림을 그려 보시라 추천했다. 그림을 어떻게 그리냐고 하시기에, 옛날에 고모는 수도 잘 놓고 그랬지 않느냐고 그냥 해 보시라고 했다. 어느 날 김장해서 조금 들고 막내동생과 댁에 갔더니, 편지 봉투에 연필로 김수환 추기경 얼굴을 그려서 보여 주신다.

동생이 고모에게 "그 그림 제가 가져갈게요. 사인 해 주세요." 하니 "사인을 어떻게 하니?" 하신다. 자필로 고모 이름을 써 주면 된다고 해서, 동생이 그 그림을 얻어 갔다.

다음에는 용기 내어 성당에서 메모하는 작은 노트에 예수님도 마리아님도 그리기 시작하시고 또 신사임당 초충도를 모사도 하시고 해서, 내가 찍은 꽃 사진도 드렸더니 보시고 잘도 그리신다. 바느질하듯 한땀 한땀 수놓듯 잘도 그리신다.

내가 가서 고모님의 50여 작품을 사진으로 찍어와 TV에 연결해서 큰 화면으로, 슬라이드로 감상한다.

지난여름에는 서울로 이사 간, 네 살 아래 친한 아우와 연락이 닿았다. 그녀와 카톡을 하다가, 늙어서 힘들지만 솜씨가 좋으니 그림도 그리고 글도 써 보라고 했더니 못 한다고 빼다가 조금씩 그려 보여 준다. 자기가 그린 색연필 그림을 사진 찍어 카톡에 올려 주어, 내 그림도 올려 보내고 하며 서로 칭찬도 하고 즐겁게 발전 과정을 올리면서 대화를 즐기게 되었다. 그렇게 좋은 바이러스를 펼치고 산다.

언제 나에게도 치매라는 병이 올지도 모른다. 기억이 도망가기 전 내 안의 기억들을 하나씩 풀어내기 위해서 나는 이 일을 하려고 한다. 내가 살아서 움직일 때 할 수 있는 일을 늦게 발견했지만.

I can do it!

창포꽃—타샤의 붓꽃을 보고
(컴퓨터 그림, 2009)

인스타그램

〜〜〜

언젠가 셋째 딸이 엄마의 그림들을 우리만 보는 것이 아쉽다고 인스타 계정 하나 만들어서 여러 사람이 볼 수 있으면 좋겠다고 했다. 그때 마침 외손녀 서경이가 와서 인스타그램을 만들어 주었고, 큰딸이 그림 올리는 법을 알려 주었다.

요즈음에는 외손녀가 만들어 준 내 인스타그램에, 예전에 막내아들이 찾아 준 컴퓨터 그림판에 그렸던 그림들부터 차례로 하나씩 올려 나갔다.

그런데 어느 날, 대구에 사신다는 어느 분이, 내가 그렇게 초기에 컴퓨터로 그렸던 민들레꽃 그림 하나를 내 인스타그램에서 보고 연락이 왔다. 민들레가 감사의 꽃말도 있고, 소박한 그림이 맘에 든다고 했다. 그분이 대구 동산병원에 코로나19로 입원한 분들 돌보는 의료진들 도시락 봉사하는데, 그 민들레꽃 그림을 엽서로 인쇄해 도시락과 함께 넣고 싶다고 허락을 구하는 연락이 온 것이다. 좋은 일에 쓴다니 흔쾌히 허락을 하고, 그림의 출처만 정확하게 밝혀 주시라 했다. 그분은 그 그림을 인쇄해 두 달여간 그 도시락과 함께 동봉했다고 한다.

인스타그램 덕분에 이렇게 내가 그린 작품이 남의 눈에 선택되는 기쁨도 맛보게 되었다.
그런 일이 다 생긴 것이 기적처럼 여겨지고 더욱 즐겁다.

민들레 홀씨가 되어 날기 직전
(컴퓨터 그림, 2009)

보통 아닌, 보통의 나날들

인스타그램 인연

한국 요리와 요가 사진을 주로 올리는, 내 인친(인스타그램 친구)이 있다. 초등학생 정도 되는 딸과 엄마가 요가도 하고, 요리도 한다.

미국 사는 외손주 생각이 나서 가끔 '좋아요'도 누르고 댓글을 써 주곤 했다.

미역국, 겉절이김치, 치즈 위에 김치 얹은 토스트 사진 등에는 '맛있겠다'는 둥, 종이로 접은 공 같은 공작 사진 등에는 '참 잘했어요'라는 둥 댓글을 주었더니, 그쪽에서도 답글이 오고 했다. TV에 나오기도 하는 한국 요리 선생님인 엄마에게서 궁중 요리랑 한국 요리를 배웠다고 한다. 그 어머니 어쩌면 내가 알 수도 있는 분일지도 모르겠다.

인스타가 그런 작용도 하는구나.

임영웅도 '좋아요' 눌렀더니 톱 7 멤버들이 나오고, '뽕스타' 야유회 간 것, 광고 찍은 것 등 너무 많이 올라온다. 내가 보고 싶은 것을 보기가 힘들고, 내 페이지가 그들이 주인이 되기에 팔로우를 오늘 끊었다.

꽃 그리기

아침을 10시 지나 먹은 뒤, 유튜브를 골라 본다. 마음 가는 대로 골라 듣고, 손으로는 카드 맞추는 게임을 한다. 무료했다. 스케치북을 끌어다 잠시 생각한다.

며칠 전 정원에서 꺾어다 꽂아 둔 흰색 소국이 마른 채로 병에 꽂혀 있다.

저걸 어떻게 살려서 그려 볼까 하다가 시든 꽃을 그리기가 어려워 일단 연한 보랏빛을 만들어 동그라미를 여기저기 그린다. 줄기와 잎을 녹색으로 그리고 꽃심을 진노랑으로 눌러 그리고, 병을 그리려는데 화분으로 되어 버렸다.

그러고 보니 마른꽃 화병이 봄에 피는 생동감 있는 꽃 화분이 되어 버렸다.

시든 꽃이 생기를 먹은 봄꽃으로 변한 것이다

(종이에 수채화, 2019)

여고 동창의 수필집

~~~~~~~~~~~~

　어제는 친구가 왔다. 여고 동창이 수필집을 냈다고 보내왔다고 내게 한 권 전달하고 간다.

　아침부터 오후 6시 30분까지 단숨에 읽었다. 지난 2016년 4월 여고 100주년 행사에, 서울 사는 친구들이 버스 대절을 하고 와 군산 횟집에서 점심을 하는데, 그 동창이 내 앞자리에 앉았고, 옆에 같이 한 분이 있었다. 그때도 전주 친구 셋이서 돌려 읽으라고 그분의 책을 줘, 내가 먼저 보고 다음 친구에게 돌렸었다.

　이번에는 동창 본인이 낸 수필집이다. 학생 때는 깔끔하고 단정해 보인 모범생 타입의 친구로만 알았지 별로 친하지 못했었다. 나는 기숙사 생활을 해서 시내 사는 다른 많은 친구와 친하지 못하고 주로 기숙사에 함께 생활하는 친구들과 많이 사귀었던 터였다.

　친구의 수필집을 보고 그 친구의 내면을 보게 된다. 우리 나이(만 78세), 모두 자기 내면을 풀어내지 않아서 그렇지 누구나 살아 낸 만고풍상이 다 있다.

군산 식당 앞에서 본 남천 열매가 아름다워서
(컴퓨터 그림, 2008)

서울 친구

모르는 전화번호가 떠서 스팸 전화인가 하고 머뭇거리다 받았다.

서울 사는 친구 전화였다. 나도 100일 전부터 그 친구 생각이 났었는데.

한 1년 전엔가 원불교에서 운영하는 실버타운을 알아보기 위해 전화가 오고 처음이다. 그때 무렵에 남편이 가셨다고 한다. 가신 님 1년이니 아직 마음이 흔들리는 상태구나. 외로워한다.

먼저 당한 나로서 위로했어야 하는데, 서울 쪽 사는 사람들 바쁘게들 사는 것만 생각하고 나만 생각하고 살았다.

부안여중 동창 중에 제일 마음이 통하는 친구건만 멀리 사니 옆에 쓴 장만 못 했구나.

대전 사는 친구도 만나야 하는데, 코로나가 언제 끝날지 모르겠다.

늦으면 알아보지도 못할지도 몰라.

나는 허리 디스크 통증으로 허리가 꼬부라지고 잘 걷지 못한다.

목화

2011년 가을 대학 동창 다섯 명이 옥천 쪽으로 여행을 갔다가, 길에 있는 다 시들어 버린 화분 속에 목화송이 한 개를 건져 주머니에 넣고 왔었다.

이듬해 봄에 그 씨앗을 아파트 공터, 내가 채소 한 줌 기르는 텃밭에 심었더니 싹이 올라왔다. 가지, 고추, 방울토마토 등을 키우느라고 올라 온 싹 중 서너 본 남기고 뽑아 버렸는데 그것들이 자라더니 목화꽃이 피기 시작했다.

처음엔 무궁화처럼 하얀색으로 피고, 조금 지나니 연한 핑크로 변하게 되고, 또 다음 날엔 조금 더 진한 핑크로 변하는 모습을 사진으로 찍어 담는다. 나중 가을에 꽃 진자리에 하얀 솜 꽃이 열십자로 터지면서 튀어나오는 것을 보니, 옥수수 튀밥, 팝콘 터져 나오듯 한다. 그것을 티가 묻지 않게 살살 뽑아낸다.

서리가 와 미쳐 익지 않은 다래를 양지에 베어다 세워 두면 덜 핀 것이 피고, 그도 못 한 연한 다래처럼 초록 열매를 달게 먹던, 6·25 전쟁 후 시골 할머님 댁에서의 추억이 떠오른다.

내장사와 선운사 단풍 구경
(컴퓨터 그림, 2008)

오늘날 현실

한의원 치료 마치고 동네 마트에 갔다.

먼저 온 남자 손님이 작은 테이블 앞에서 길게 통화를 하고 있다가 나갔다. 여주인이 하는 말이 저분 어머니가 돌아가시고 5500만 원 남았는데 오 형제가 1100만 원씩 나누었단다. 그런데 큰아들 측에서 제사를 지내는 자기네가 더 받아야겠다고 해서 저 사단이라고 한다. 마트 주인댁은 딸만 한 명이고, 나는 육 남매가 있다. 내 자식은 다르다고 할 수 있을까? 오늘날 현실이구나.

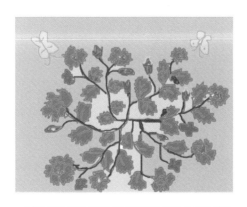

들에 지천으로 깔린 코딱지나물 꽃들이 앙증맞다
(컴퓨터 그림, 2008)

수영장과 침 치료

남편이 가신 그해, 2012년.

김장을 해 놓고 집에서 밖을 나가지 않고 8개월을 눈 뜨면 TV 앞에 앉아 잘 때까지 바보상자 앞에만 있다 보니 몸무게가 6킬로그램이 늘어 걸음 걷기가 부담스러웠다.

막내딸이 미국에서 늘 여름 방학이면 애들과 함께 와서 한 달씩 있다가 가곤 했었다. 남편 돌아가신 다음 해도 어김없이 여름방학에 다니러 왔다.

그리고는 아이들 수영 특강 시키러 수영장에 갈 때, 그 차로 따라갔더니 엄마도 물속에서 걷기라도 하라며 수영복을 사 주어 처음 수영장에 들어갔다.

많은 물이 무섭고 남녀노소가 한 물속에 노는 곳을 처음 접해, 위는 긴팔 옷까지 덧입고 벽만 붙잡고 왔다 갔다 했다. 남들이 웃었겠지만 그러거나 말거나 그렇게 벌벌 떨며 벽만 붙잡고 다니는데, 어떤 남자분이, 갈 때는 저쪽으로 가고 올 때는 이쪽으로 오고 하는 거라고 일러 준다. 그래도 난 무서워서 그쪽으로 못 간다고 하고 한동안을 그렇게 다녔다.

차츰 날이 가고 사람도 사귀고 하니 함께 자유스럽게 걷게 되고, 단체 관광도 다니고, 한 3년을 잘 다녔다.

그러다 왼쪽 엉덩이 쪽에서부터 복숭아뼈까지 신경이 땡기는 통증이 와 걸을 수가 없어 음식 쓰레기 버리러 가기도 힘들게 되었다,

큰아들이 저 있는 병원에 가 여러 가지 검사를 해 보고 물리 치료도 해 보다가 제 후배가 하는 병원에서도 몇 번 주사 치료도 하고, 대학 병원 통증 클리닉도 며칠 간격으로 다녔다.

서울 셋째 딸이 제 생일에 와서, 미역국 함께 먹고 저 따라서 서울로 가자고 했다. 내가 고속버스 휴게실에서 15분 동안 화장실도 다녀올 수 없다니까, 제가 휠체어라도 빌려 본다고 해 따라가게 된다.

셋째 딸이 직장 출근을 하니, 둘째 딸이 아침에 지하철로 와서 반찬도 해 주고 콜택시 불러서 함께 한의원도 데려다주고 고생을 많이 했다. 그렇게 아홉 달을 꼬박 한의원 출근해 침을 맞고 다리, 발 통증이 낫고 80퍼센트는 다 나아 이제 집에 돌아가야겠다고 하니, 주치의께서 전주 집에 가서도 다른 침이라도 더 계속 맞아야 한다고 했다.

그러나 내키지 않아 집에만 있다가, 지난가을 우리 동네 큰길 건너

한의원에서 침과 물리 치료를 10여 회 더 맞고는 코로나19 덕에 죽—
집에서 나가지 않았다.

생필품 사러 운동 겸, 집 앞 하나로 마트만 가서 배달시키고, 지팡이
에 의지하고도 두세 번 쉬었다 오고 한다.

억새풀이 전주천에 지천으로 있고, 윗길엔 가로수가
(컴퓨터 그림, 2008)

보통 아닌, 보통의 나날들

집착하는 마음

　지난주에는 TV에 넷플릭스 연결해 〈기황후〉를 보기 시작했다.

　그냥 뗄 수 없어 50회를 지나 끝까지, 하지원이 붉은 옷에 높은 계단 오르며 아들이 어머니는 어느 나라 사람이냐는 질문과, 누구는 고려인이라 하고 또 누구는 뭐라 뭐라 하니, 어느 나라 사람인 것이 뭐 그리 중하냐는 대사와 함께 끝나는 장면까지 봤다.

　이튿날은 진이 빠져 그런지 다리에 힘이 없어 걷기 불편했다.

　뭐든 한 가지에 빠지게 되면 끝장을 보려 하는 마음이, 나에게도 집착심이 크구나.

달달달
(컴퓨터 그림, 2008)

둘째 딸 시어머니

게임도 지루하고 하도 무료해, 김혜수 나오는 드라마 〈하이에나〉 보려고 TV를 켰다. 끝나고 돌리니 고흐 영화가 하기에 잘 보았다. 뜻밖에 좋은 영화를 보게 되었다.

12시가 지났구나.

요양 병원에 계신 둘째 딸 시모님이 열이 난다고 해서 병원에 다녀왔다는 소식 들었다. 아들 보고 싶어 열이 났을는지. 코로나19로 직접 가까이서 뵙지도 못하고, 유리창 너머로 뵙고 왔다고 한다. 귀가 어두워져 전화 말소리도 잘 못 들으신다고 하니 안타깝다.

부디 잘 이기시기 바란다.

꽃무릇 또는 상사화
(컴퓨터 그림, 2008)

보릿대 부채

~~~~~

한의원에 치료차 갔는데 땀을 흘리니, 추분이 지나 에어컨을 껐다고 부채를 가져다준다. 플라스틱으로 된 것으로 그림도 있고 튼튼하게 만든 작은 부채다.

그림 그릴 아이디어가 떠오른다.

65년 이후 내가 부여군 부여읍 군사리에 신혼살림 살 때 기념품 가게에서 팔던, 보릿대를 알록달록 여러 색으로 물들여 엮어 만든 부채가 생각난다.

당시에는 모든 것이 귀할 때였다.

우리 동네에 중국요리점 하는 중국 남자가 나보다 조금 더 나이 든 여인과 결혼해 살고 있었다. 처제랑 한집에서 살면서 보릿대를 간추려 색색으로 염색해 잘 말린 것을, 베 짜듯이 엮어 갖은 예쁜 모양으로 오려 붙이고 손잡이를 만들어 붙여 팔았다.

지금이야 에어컨에 선풍기가 있으니 부채가 무용하다지만, 그 무렵에는 선풍기 있는 집도 없었을 때라, 부소산 관광객들이 더러 예쁜 맛에 기념품으로 사 가곤 했었다.

부업으로 보릿대 부채를 만드는 것을 본 기억이 난다.

추억의 보릿대 부채
(종이에 수채화, 2020)

청국장

요즘 소화가 안 되어 청국장 생각이 나서, 파는 것을 사다 끓여 먹어 보니 맛이 아쉽다.

1965년 신혼을 부여읍 군사리의 사글셋방에서 살 때다.

부엌을 한 세대만 쓰는 것이 아니고, 부여중학교 과학 선생님 댁과 함께 썼다. 선생님의 부인이 말하기를, 박정희 대통령이 대전에 와 만년장 호텔에 묵으면, 청국장을 잘 끓이시는 자기네 시할머님을 호텔 주방에서 모셔 갔단다.

콩을 잘 삶아 소쿠리에 담아 한 김 나간 뒤에 보로 잘 싸서 덮고, 따듯하게 2박 3일 동안 뒀다가 보면 실이 줄줄 흐르게 뜨는 청국장 만드는 법을 그때 그 부인에게 배웠다.

우리 친정 큰어머님이나 시모님은 시루에다 안쳐서 1주일씩 걸려 띄우는 것을 보았었다.

하여, 그 부인에게 그때 배운 대로 둥근 소쿠리를 사서 청국장을 만들기 시작을 한 것이 40여 년을 청국장을 만들어 먹었다. 주위 친지에게도 나눠 주고, 서울 사는 남편 친구 두어 분에게도 선물로 보내면, 전주도 이런 청국장이 있느냐고 좋아하며, 초코렛이나 예쁜 털 스웨터 같은 선물을 보내 주기도 했다.

그러다 그 소쿠리가 늙어 얇아지고 홀쭉거리고 밤색으로 물들어 보기 싫어져서 몇 년 전에 버리고 새로 대소쿠리를 샀는데 마음에 안 든다. 너무 성글기도 하고 너무 촘촘하기도 해서 옛날 버린 소쿠리 생각이 간절해진다.

그나마도 작년부터는 건강도 그렇고 한동안 만들지 않았는데 할 수 없이 나 먹을 만큼이라도 더 해야겠다.

콩을 가스불에 삶아야 하니 조금밖에 못 하는데, 다 된 뒤에는 여기저기 주고 싶은 곳이 많아 아쉽다.

딸이 넷이지만 아무도 전수받지 않고, 만들어 주면 맛있게 잘 먹기만 한다.

수선화
(컴퓨터 그림, 2009)

한의원 치료

~~~~~~~~

오늘도 집 앞 한의원에 갔다.

11시에 갔는데 대기실에, 앞 손님 세 분이 있었고 내가 네 번째다.

침대에 온찜 팩 두 개 깔고 배 위에 한 개 얹고 누워서 릴렉스 하고 있다가, 전기 치료기를 허리에 붙이고 스위치를 켜니 띠앗띠앗(따끔따끔)하면서 두 손 열 손가락으로 지압해 주듯 시원함을 느낀다. 간호사에게 오늘따라 더욱 시원하고 좋다고 말했다.

조금 있다가 부황기를 떼고 한의사가 들어와 인사하고 어떻냐고 묻기에, 운동이 좀 과하다 싶은 날은 왼쪽 다리에 쥐가 온다고 침으로 치료가 안 되겠냐고 물었다. 내 말에 한의사가 옆으로 누워 보라 해서 옆으로 누우니, 다리 바깥쪽에도 침을 몇 개 꽂아 주고, 허리 치료도 해 준다. 나는 지금 이렇게 아픈 곳을 집 가까운 한의원에서 하루걸러 관리를 받는다.

50~60년대 우리 할머님 생각에 울컥한다.

1965년에 하늘로 가신 조모님은 내가 중학교 입학할 때 읍에 나가서 양장점에서 교복을 맞춰 주시며 3년 동안 입을 수 있게 크게 해 주라고 부탁하셨었다. 10리 길을 걸어 왕복 20리를 다니던 그때, 다리 허리가 많이 아프셨을거다.

당시는 병원과 약방이 하나 정도 있었지만 이런 물리 치료란 것은 없었다. 집에 오시면 발로 허리를 자근자근 밟으라고 해서 아랫목에 메어 놓은 횃대를 붙잡고 한 발로 다리를 밟아 드린 기억이 난다. 그 시절 진통제도 파스도 없었던 때라 조모님이 많이 아프셨을 것이다.

나는 지금 80 다 된 나이에 꼬부랑 할머니 안 되려고 한의원에 치료를 다니며 호강을 받는 것이 고맙고 행복하다.

의료 보험 덕에 2,400원 만 내면 이렇게 치료받고, 관리받으며 심리적 안정까지 찾을 수 있으니, 정말 행복하다. 오늘도 감사하고 또 감사한다.

지난여름

~~~~~~

지난여름부터 TV를 켜지 않고, 눈 뜨면 유튜브 방송만 이리저리 골라 들으며 꽤 재미도 있다. 때로는 〈팬텀싱어〉 포레스텔라의 노래도 즐겨 듣다가, 임태경의 노래도 듣다가, 슈베르트의 「겨울 나그네」도 찾아 들으며 날마다 즐겁다.

그러다 지치면 잠깐씩 밖에 나가 벤치에 앉았다가 허리를 뒤로 젖히는 스트레칭도 하고, 하늘 보고 오후 햇볕에 빛이 고운 붉은 단풍 사진도 몇 컷 찍고, 카톡으로 그 사진들을 자녀들과 친구들에게도 보내주기도 한다.

자다가 깨어 화장실 다녀와 금방 잠이 올 것 같지 않으면, '에이─ 잠은 늘 자는 것을, 안 자면 어때. 계절에 맞는 국화 한 송이라도 그려 보든가, 책 한 줄이라도 읽다, 졸리면 그때 다시 자면 되지.' 하고 그림을 그리고, 책을 읽고 하면 금방 눈이 피곤해져 그만 들어가 잔다.

보통 아닌, 보통의 나날들

길목에 무료히 앉은 노인

~~~~~~~~~~

    매년 김장 끝내고 나면 내년부터는 하지 말고 사 먹자고 큰딸과 약속하지만, 때만 되면 김장을 다시 하게 된다.

    예전에는 내가 텃밭에서 농사지어서 끌어다 손질해 절였다 씻어서 하기도 했었는데, 이제는 그 과정을 다 해 주는 편리한 세상이다. 허리는 아프지만 팔, 손은 건강하니 또 김장을 한다.

    절인 배추를 20킬로그램 두 박스 주문했는데, 두 집이 세 통씩 하면 부족할 것 같아, 한 박스 더 추가 주문하고 오는 길이었다.

    벤치에서 잠시 쉬는데 길목에 밀 것 밀고 다니는 노인이 나를 따라오듯 하며 함께 앉는다.

    묻지도 않았는데 자기 얘기를 꺼낸다. 자기는 열두 살부터 일을 했다고 한다. 어머니가 자기 위에 아들 셋을 세 살만 되면 잃었는데 자기 세 살 되던 때 어느 날, 어떤 노인이 하룻밤 유하고 가고 싶다고 하기에 그러라 하고, 저녁 식사를 했는지 물어보고 어머니가 상을 차려 대접을 했더란다.

    그랬더니 노인이 어머니 얼굴을 찬찬히 보더니, 이 아이 위로 아들 셋을 잃었군요 하면서, 베 일곱 자를 끊어 오라 해서 그리했고, 자기 가는 데 내다도 보지 말라고 하고 갔단다.

아버지가 궁금해 몰래 뒤를 밟았지만 없어지고 보이지 않았다고 한다. 두 갈림길에서 오는 사람에게 노인을 보았는지 물어보아도 못 보았다고 하고. 점을 쳐 보니 산신령이 구해 주었다고 하더란다.

그 뒤로 어머니는 그날만 되면 그 노인 밥을 떠 놓았더란다.

자기 뒤로 동생이 네 명 더 있어 그 뒷바라지를 본인이 다 했다고 한다. 자기가 농사지어 음식을 많이 하다 보니 딸도 음식을 잘하게 되고, 그 딸은 지금 식당을 해서 김장을 600포기를 한다고 한다. 손녀가 열네 살인데 그 아이 봐 주러 딸 집에 와 있다고 한다.

다른 딸이 모셔 가고자 하는데 이 집에서 안 보내 준다고 한다.

마트 가는 길목에 늘 해바라기로, 밀 것을 밀고 나와 의자처럼 깔고 앉아, 가는 사람 오는 사람을 구경한다.

나는 좀 신경에 거슬렸었다. 좀 넓고 편한 놀이터 쪽이던가 모정 쪽에 가 있으면 싶었다. 오고 가는 사람 신경 걸리게 길목에 무료히 앉은 노인의 모습이 보기에, 그림이 좋아 보이지 않았다.

그019.8.1 기효.

달구재비와 강아지풀
(종이에 수채화, 2019)

그리고 지금

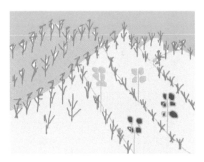

평창 스키장의 밤풍경
(컴퓨터 그림, 2008)

**스키장 정상에서 본 전구들과 눈 무게를
지탱하기 힘들어하는 나무**
(컴퓨터 그림, 2008)

스키타는 사람
(컴퓨터 그림, 2008)

평창콘도 앞 전망 숲
(컴퓨터 그림, 2008)

보통 아닌, 보통의 나날들

열려라 참깨

점심 먹고 운동 삼아 하나로마트에 다녀오면서 엘리베이터 문 앞에서 무심코, "열려라 참깨."라고 말했다. 마침 1층에 멈춰 있어서 평소처럼 스르르 문이 열린다.

'알리바바 시대에는 이런 설치가 없었을 텐데, 대단한 상상가구나! 누군가 대신 열어 주거나 할 때인데, 어떻게 그런 발상을 했을까?'

2021년 무심코 지나온 일인데, 나는 오늘 그것을 생각한다.

『알리바바와 40명의 도둑』이야기를.

내 나이 80이 되어서 그런 기억을 한다는 것, 내가 나를 칭찬한다.

망각되지 않고 떠오른 기억이 고맙다.

8월의 고추잠자리
(컴퓨터 그림, 2008)

나의 기억력

~~~~~~~~~

　나는 2018년 겨울 동안 우연히 박경리 작가님의『토지』스무 권을 읽고, 한 번 더 읽었다. 지금은 대강 줄거리만 기억에 남았다.

　최명희 작가『혼불』역시 15~16년 전에, 동네 수선집 아주머니가 다 읽었다기에 나도 열 권을 사다 읽었었다. 그리고 3~4년 전 다시 읽었건만, 주옥같이 박아 쓴 글들을 대강만 줄거리를 짐작할 뿐 오늘 생각해 보니 남은 것이 없다. 강모와 강실이 사촌 남매 얘기지.

　최인호 작가의 네 권짜리『길 없는 길』도 두 번을 읽었다.

　그 당시 뿌듯했지만, 내 머리에 남은 것은 '경허' 두 글자다.

　우리나라 선 스승으로 독보적인 인물로 수덕사에 계셨던 송만암 스님의 스승으로 최해월 스님도 있고, 깨치신 분으로 기행도 많이 해서 논란이 있었던, 줄거리는 떠나서 '경허', 두 글자만 남았다.

　60년대 중반에 젊어서 한 번 읽고, 2년 전 또 한 번 다시 읽었던 박경리 작가님의『시장과 전장』에서 지금도 떠오르는 것이 있다.

　주인공 이름은 생각나지 않으나, 1950년 6·25 전쟁 때 피난 생활지에서 끼니 끓일 것 없어, 배급 창고를 뜯고 습기 찬 밀가루 포대 빈 자루에 곰팡이 난 것들조차 털어 내어 음식을 만들어 먹는 대목이 기억난다. 또 이웃 아주머니 말 듣고 한강가에서 쌀 나눠 준다고 해서 친정어머니가 가셨다가 군인들이 쫓으며 총을 쏴 어머니가 돌아가신 황망한 그 장면이 떠오른다. 다 잊었는데 그 대목만 생생하게 기억나니 왜일까? 6·25를 겪은 동질감일지 모르겠다.

내가 아홉 살에 겪은, 끼니 굶던 고통 때문인가 싶다.

며칠 전 책 읽어 주는 유투브에서, 펄 벅의 『어머니』를 잠자기 전 세 번에 걸쳐 들으며 켜 놓고 잠들고 했는데, 중국 어떤 어머니 얘기였다.

두 아들과 한 눈먼 딸 얘기였다. 큰아들 내외는 열심히 가정 지켜 가며 농사짓고, 둘째 아들은 공산당원으로 처형당하고, 눈먼 딸은 벽지로 시집을 보내 고생 끝에 죽는 일들을 겪는 어머니.

남의 묘 앞에 자리하고 종일 억세게 울던 중 큰아들이 달려오며 어머니 손자가 태어났다고 한다.

집에 와 막 낳은 손자를 앉고 동네 사람에게 자랑하는 그 부분을 끝으로 들었다. 어머니의 삶.

파꽃과 길가에서 본 꽃들
(컴퓨터 그림, 2008)

보통 아닌, 보통의 나날들

장인들 마음

우리나라는 예부터 기술 가진 이들을 천대했다. 일본인들이 임진란 일으켜 도공들 잡아가 대접 잘하니 고국에 돌아와 봤자 천대라 귀국을 안 하고 그대로 일본에 살며 기술을 펼쳤다. 백자도 청자도 비법 적은 것도 없어 깨진 조각 찾아 후진들이 새로이 연구하려니 어렵다.

짚신 삼는 기술도 자식에게 알려 주지 않고 자기만 알고 하다, 죽을 때야 아들이 가르쳐 달라고 조르니까 그때서야 '털털털' 하고 숨졌다는 옛이야기가 있을 정도다. 짚신의 잡티를 잘 털어 곱게 해야 된다는 것이다. 그래야 짚신이 거칠지 않고 매끄러워 잘 팔리니까.

또 시어머니 빨래는 깨끗하고 며느리는 아무리 애를 써도 그렇지 못해, 그 비법을 가르쳐 달라고 해도 안 가르쳐 주다가 죽기 전에야 '뽀드득' 하고 죽었다는 옛이야기도 전해 온다.

구정물을 뽀드득 소리나게 꼭 쥐어짜야 깨끗이 빨아진다는 것을 혼자만 알고 며느리도 안 가르쳐 주고 있다가, 죽을 때 되어서야 알려 줬다는 그런 이야기도 전해 온다.

지금이야 세탁기가 있지만.

이천 도자기
(컴퓨터 그림, 2008)

보통 아닌, 보통의 나날들

큰 남동생 군 복무 중에

새벽에 깨어 잠이 안 와 생각나 쓴다.

1970년대 초쯤 큰 남동생이 전주 송천동 35사단에서 군 복무할 때다.

남편의 후배이며 동료 직원이 자신의 동생이 35사단의 부식을 밖에서 사들이는 일을 해서, 그편에 우리 남동생에게 음식을 전달 할 수 있다고 했다.

그래, 남편이 닭 한 마리 사다 삶으라고 해서, 시장에 가서 산 닭을 지정해서 잡아 줘 가져와 삶았다. 그때는 토종닭들이 제법 컸었다. 한 마리 찜통에 삶아 건져 놓았는데 날짜가 하루 미뤄졌다.

여름인데 쉴까 봐 다음날 그 닭을 국물에 넣고 다시 삶았다. 그러니 국물은 잘 우러났겠지만 살은 퍼개살(퍽퍽한 살)이 되어 팍팍해서 맛이 없었을 거다. 냉장고도 아이스박스도 없는 시절이다. 국물은 진해졌고, 한 달간 도우미로 와 있던 장수 쪽 사는 아이가 그 국물에 밥을 말아 먹고 살이 통통히 올라서 제집에 갔다.

지금 생각하니 미역이라도 사다 넣고 국을 끓여 온 식구가 잘 먹을 수 있었을 것을 젊어서 몰랐다. 딸 넷이 어릴 때다.

어느 날엔 35사단 군인들이 임실에서 작업을 하고 5~6시경 전주 시내 미원탑 앞으로 지나갈 것이니 그 시간에 그 앞에 있으면 볼 수 있을 거라 했다.

시내 사는 막내 고모님과 둘이서 한참을 그 길가에서 기다리니, 트럭 여러 대에 작업복 입은 군인들이 많이 타고 지나간다. 똑같은 작업복에, 햇볕에 그을리고, 땀에 전 장정들이 아무리 살펴보아도 트럭마다 가득하다. 다 같아 보여 누가 누군지 구별을 할 수가 없어, 그렇게 섰다가 돌아왔다.

그쪽에서는 우리를 볼 수 있었을지. 우리는 헛짚고 그 광경을 보니 눈물이 났다.

'엄청 고생들 하는구나.' 보고 싶은 얼굴이 한 사람이 아닌 우리나라 장병들 모두가 내 동생이었다. 그 더위에 종일 산에 가 작업하고 피곤한 몸으로 귀대하는 그 모습이 지금도 눈에 선하게 보인다. 이 나라를 그렇게 젊은이들이 지킨다.

보통 아닌, 보통의 나날들

마디 굵은 대나무
(컴퓨터 그림, 2008)

미국 농사

며칠 전부터 우연히 미국의 농촌 지역 소식을 올려 주는 유튜브 방송을 보고 감탄한다. 논농사, 콩 농사, 시금치, 호두, 소 농장들의 엄청난 시설과 밀밭을 타작하는 땅이 얼마나 넓은지 끝이 보이지 않는다.

그 큰 땅들을 세 명의 가족이 자동차에 앉아 추수하는 방송을 보니, 말이 안 나올 정도로 놀랍다.

영화로 〈OK 목장의 결투〉 등만 보았었지만, 실지로 그 땅에 가 본 적도 없는 나는 아들과 괌도 갔다가 비가 와서 쏟아지는 별도 못 보고 왔었고, 중국, 상해, 소주, 항주, 곤산, 청도, 북해도 정도만 가 봤지, 우물 안 개구리다.

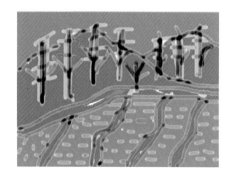

들
(컴퓨터 그림, 2008)

보통 아닌, 보통의 나날들

괌 여행

~~~

　몇 년 전에 큰아들에게, 내 다리 성할 때 태평양 구경 좀 시켜 달라고 부탁했더니 큰아들 며느리 두 손주와 함께 괌을 갈 수 있었다.

　아들 며느리 손주들은 바닷가에 나가 즐기는데, 나는 수영장에서 걸어만 다닌 실력이라 안타까웠다. 며느리가 주선해 여러 사람이 물속에서 아쿠아 댄스 하는 멤버에 넣어 주어 간단히 물속에서 즐길 수 있었다.

　다만 밤에 비가 와 쏟아지는 별을 볼 수 없었고, 영어가 부족해 내 방 찾아 가는 데 어려움이 있어 영어 공부를 해야 되겠다고 생각했다.

　요즘은 코로나 19로 세계가 길이 막혀 해외여행을 마음대로 활발히 할 수 없다.

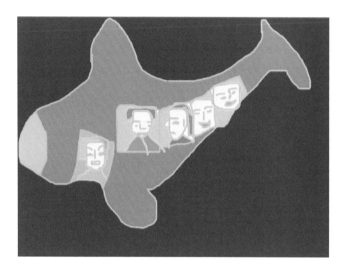

여행
(컴퓨터 그림, 2008)

보통 아닌, 보통의 나날들

2021년 2월 2일

~~~~~~~~

나는 인생 80을 살아왔다.

뒤돌아보니 일곱 살 때 국민학교 입학한 날부터가 기억이 된다. 한 조각 한 조각을 주워 모아 줄에 꿰듯 해 보았다.

태어나 부모님의 보호 속에, 여러 형제 있는 집 맏딸로 자랐다. 진학할 형편이 못 되는 데도, 당신이 굶더라도 진학시키겠다고 고집하신 엄마의 향학열의 집념 덕분에 초급대학을 마칠 수 있었다.

그리하여 2급 정교사 자격증도 땄다.

바로 배우자를 선 한 번 보고 한 달 만에 결혼해서, 육 남매 낳아 기르고 뒷바라지하고 사는 평범한 삶이지만 내 삶을 후손들은 처음 듣는 말이라 하고, 모르는 일도 있어, 한 편씩 쓰게 되었다.

봄

(컴퓨터 그림, 2007)

보통 아닌, 보통의 나날들

두 형제

~~~~~~

얼마 전 셋째 딸이 방 침대에서 미끄러져 왼쪽 어깨뼈가 부러져 수술하는 사고가 있었다. 불편함을 느끼며, 자기 큰아버지께서 많이 불편하시던 것을 상기하게 했다.

6·25 전쟁 당시 서울에서 고등(중 5년제)학교 다니던 남편과 대학생이던 시숙이 시골집에 내려와 계시던 때다. 지주라고 시아버님을 붙잡으러 온다는 기별을 이웃에 사는 부인이 시어머님께 귀띔을 해 주어 아버님은 피신하셨다.

처가에 와있던 둘째 시누이 남편과 두 형제가 방에 있어 대신 잡혀가 면사무소 뒷마당에 판 굴속에 끌려 들어가 있었다고 한다.

어느 날 북군 출신이 굴 입구로 들어와 문 앞에서부터 차근차근 총 쏘아 죽이다가 중간쯤에서는 마구잡이로 난사를 했단다. 그리고 그 남자는 자기도 무서운지라 도중에 굴 입구를 막고 달아났단다.

대학생인 형이 동생의 머리를 당신 무릎에 엎드리게 하고 그 위로 형이 막고 엎드렸다고 한다. 덕분에 동생인 남편은 무사하고 형인 시숙께서 오른팔에 총알을 맞아 상처를 입었다.

얼마나 공포스러웠을까!

뒤에 총소리가 조용해지니 동네 사람들이 가족 걱정에 웅성웅성 나와 소리치는 때에, 남편이 큰 소리로 형이 다쳤으니 당가(들것)를 가져 오라고 해 거기에 실어, 집으로도 못 가고 가까운 거리에 외사촌 집으로 피신해 치료하게 했다. 약도 없는 때 셋째 시누이 조카가 시내에 병원 했던 분 있어 약은 그곳에서 구했던 얘기 듣게 되었었다.

둘째 시누이 남편은 면소에서 그분 살던 동리 아는 사람이 도망치라고 빼 주어 살았다고 한다. 그때 북군들이 퇴각하면서 마을 유지들을 붙잡아 가두었다가 죽이고 도망가는 때였다고 들었다. 두 아드님이 잡혀가 굴속에 몰아넣어져 몰사당할 뻔한, 불행 중 다행. 천행이었다.

시숙은 고교 교사였는데 그때의 오른팔 부상으로 평생 동안 왼손으로 글씨를 쓰신 것으로 안다. 얼마나 불편하셨을지.

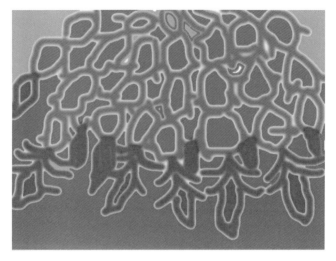

게발선인장꽃
(컴퓨터 그림, 2008)

벼 베는 작업

〜〜〜〜〜

10월 10일경부터 아파트 옆 논의 벼를 추수하길래 구경을 갔다.

제법 넓은 들인데, 콤바인 기계 차를 한사람이 운전하고 죽— 지나가면서 벼가 기계 속으로 빨려 들어간다. 어려서 남동생들 이발소에서 기계로 까까머리 깎던 것처럼 지나가면 알곡과 짚은 따로 분류해 짚은 잘려서 밑으로 떨어지고 알곡은 담은 채 와서 큰 트럭에 호스로 위에서 부어 준다. 사람 손이 갈 것 없이 넓은 들을 2~3일 만에 추수를 다 한다.

몇십 년 전에는 사람들 여럿이 낫을 들고 한 줌씩 베어내어 다발 지어 놓았다가, 다 베면 논두렁에 일렬로 죽— 세워 줄가리 해 놓고 마르면 엇갈리게 쌓아 놓는 작업을 새별 가리 한다고 했었다. 또 몇 날 마르면 등짐 져다 울 안쪽으로 걷어 들여 쌓아 놓는다. 그것이 노적가리다. 마당에는 멍석 깔고 둥그렇게 홀태를 짜 놓고 한 줌씩 훑어 낸다. 그것을 며칠 신작로 같은 빈터에 멍석 깔고 말린다. 그때는 신 벗고 들어가 발로 줄을 긋듯 채 고루 말려 방앗간에 가 쌀로 찧는다.

그러면 안식구들은 먹거리를 장만해 일꾼들을 챙긴다. 옛날 일이구나.

　지금은 평수 계산해 수수료 주고 농기계 있는 사람에게 맡긴단다. 점심도 샛거리도 주인이 아랑곳할 것 없이 전화 한 통이면 음식이고 음료수고 다 논으로 득달같이 배달이 온단다. 남는 것이 없다고 한다. 편한 것이 좋기도 하고, 사람이 하던 일을 기계가 하니 능률적이고 부리는 사람 하나면 된다.

　앞으로 4차 산업이 되면 더 빠르고 정확하다는데, 의사도 변호사도 AI가 하면 더욱 정확도가 높아진단다. 점점 사람이 할 일이 없어지는구나. 유튜브에서 미국은 콤바인도 비행기처럼 커다란 기계를 사람 혼자 운전하며 추수하는 것을 보았다.

쌍육 놀이

~~~~~~~~

오늘은 2021년 음력설 지난, 초나흘이다.

고향 부안 동진면 당상리에 살 때 기억이 난다.

설 지나고 농한기인 대보름에는 울안에 대소가가 살고 큰댁 작은 숙모님, 할머님 모시고 우리 가족 일렬로 집이 있고, 모이면 으레 쌍육 雙六 놀이를 벌인다.

나무 판대기에 칠한 곳에 숫자들을 마주 보게 써 놓은 곳에, 나무로 가운데 손가락 길이 정도로 깎은 말을 세워 놓는다. 그리고 "아삼륙!" 하고 소리치며 뿔 주사위 두 개를 동시에 던져 굴려, 나온 구멍 수대로 말을 판에 그려진 숫자대로 옮기다 상대방 말이 걸리면 내 말로 탁 때려 자빠뜨리는 게임인데, 두 개의 주사위가 동시에 '6, 6'이 나오면 이긴다.

나는 어려서 낄 수가 없었고 법칙은 잊었다. 주로 백모님, 숙모님, 막내 고모님, 사촌 오빠들이 하시고 우리 엄마는 그 놀이를 하는 모습을 본 적이 없다.

전쟁 중에 백부님, 숙부님 돌아가시고 서울 살던 우리 아버지만 생존하신 때고, 엄격하신 조모님도 그때만큼은 안식구들 즐기는 모습을 나무라지 않으셨다. 아이들은 구경하고 즐거웠다.

꽃들의 합창
(컴퓨터 그림, 2008)

코로나 시국의 설 명절

금년 설에는 코로나19로 인해 5인 이상 모이면 벌금을 매긴다고 한다. 여러 자식 둔 부모가 자식을 한 번에 모두 만날 수 없는 세상이 되었다. 처음 겪는 세상이다.

육 남매를 둔 나로서 막내딸은 텍사스에서 못 오고, 서울 삼 남매는 미리 다녀가고, 큰딸은 가까이 살지만 제가 시아버지 차례 모시니 어제 손녀 둘과 왔다 가고, 큰아들도 두 손주만 데리고 설날 다녀갔다.

어쩌다 중국 우한에서 시작된 코로나19로 세계가 발이 묶이는 힘든 삶을 살다니!

며칠 전에 바로 집 근처까지 확진자가 다녀갔다는 재난 문자가 와서, 큰딸이 놀라 당분간 절대로 밖에 나가지 말라며 불안해한다.

겨울 지나 영상의 날씨다.

80 노인 되니 자식들이 걱정을 해 준다.

종일 TV 앞에서 시간을 보내고 트로트 프로그램, 〈팬텀싱어〉 같은 음악 프로그램만 보고 또 보고. 뭐 하는 짓인지.

설날 그린 꽃
(컴퓨터 그림, 2008)

피아노

〜〜〜

미국에 나가 사는 막내딸이 제집에 가져갔던 피아노를 팔아도 되겠냐는 의견을 묻는 카톡이 왔다.

괜찮다고 팔아도 된다고 하기에, 어느 점잖은 백인이 착한 아들이 칠 거라고 300불에 사 갔다고 한다.

1975, 6년경이라고 생각된다.

큰딸이 국민학교 5학년쯤 다닐 때다.

세놓은 옆방에 의대생 딸이 있었고, 그 댁에 피아노가 있어 기초를 좀 가르쳐 줄 수 없겠냐고 그녀의 모친께 부탁했다.

그래서 앞집 여아와 큰딸이 몇 달간 그 의대생에게 피아노를 배웠고, 의대생이 바빠서 못 한다고 해 그만두었다.

마침, 그 당시 42만 원에 세일 하는 호루겔 피아노를 50만 원짜리 적금 만기 두 달을 남겨 놓고 깨, 피아노를 들여놓았다.

제 아빠가 아이스크림 사다 피아노 위에 올려놓고, 절을 하라고 해서 딸들 넷이 다 절을 했다.

첫째를 가르쳐 줄 것이고, 둘째는 첫째가 가르치라고 또 셋째는 둘째가 가르치는 식으로 하라고 했었다.

그러다 넷째가 결혼 때 피아노를 가져갔고, 미국에서 외손녀와 외손자가 피아노와 바이올린을 배워 외손녀는 고등학교 오케스트라에서 퍼스트 바이올린과 함께 악장을 역임했다.

남매는 2018년, 텍사스 주 고등학생 전체를 대상으로 선발했던, 주를 대표하는 올 스테이트 심포니 오케스트라 멤버로 뽑히기도 했다.

그 아이들이 대학에 가고, 고등학교 졸업을 앞두고 있어 그 피아노는 이제 다른 집 아이의 손으로 넘어가게 된 것이다.

피아노가 생명력을 되찾아 부디 훌륭한 음악가가 탄생하기를 빌어본다. 고마운 피아노에게도 새 역사가—

미투리와 나막신

~~~

한 아들은 짚신 장수를 하고, 한 아들은 나막신 장수를 하는 두 아들
을 둔 어머니.

어머니는 늘 비가 오면 짚신 장수하는 아들 걱정에 울고, 해 나오면
나막신 장수하는 아들 걱정으로 운다.

그래 어느 분이 거꾸로, 해 나오면 짚신이 잘 팔려서 좋고, 비 오면
나막신이 잘 팔리니 좋다고 생각하라고 일러 준다.

육 남매 둔 나 역시 심고 모시려면,

이 자식 저 자식들 걱정이 된다.

오늘은 나도 반대로 생각하려고 한다.

비 오면 나막신 잘 팔려 웃고,

해 나면 짚신이 잘 팔려 웃기로.

30~40년 전에 그 노래를 불렀었는데, 오늘 갑자기 생각이 난다.

엉덩이에 화상

나는 기억할 수 없는 나이쯤, 아마 두세 살 정도? 6·25 전쟁 전 미아리고개 넘어 개천 옆 동네에 살던 때라고 한다.

막내 작은아버지도 결혼 전, 청진 발전소에 발령받아 부임지로 가시는 도중, 부안집에서 서울 사는 형님 집을 잠시 들렀었다고 한다.

엄마는 그날 저녁 무슨 죽―팥죽이 아닌지―을 끓여 부엌에서 방안으로 들여 놓다가, 시동생이 오셔 맞이하는데 내가 그 죽그릇에 주저앉아 엉덩이에 화상을 입어 난리가 났었겠지. 작은아버지나 엄마나 얼마나 놀라고 황망했을까.

형 집을 지나치기 서운해서 들렀다가 민망했다고, 후회했다는 마음을 뒤에 편지에 담아 그 위 고모님께 했던 글을 썼다던가, 전 전해서 듣고 알았다.

80 먹은 내가 이 일을 알지 못하나, 들어서 알았던 옛이야기를 기록한다. 기억이 살아 있을 때.

보랏빛 엽서

〰〰〰

.

임영웅이 부르는 노래로, 「보랏빛 엽서」를 들으면 80 된 나 같은 노인에게도 문득 생각나는 일이 있다.

6학년 때 과외 공부 끝나고 10리 길을 걸어, 어두운 대밭 옆길을 지나 집에 가야 했다. 무서워서 그 대밭 옆 동급생 집에 들어가 대밭을 끼고 가는 길을 바래다달라고 부탁하면, 동급생의 오빠가 등불을 켜 들고 그 대밭 옆길을 바래다주던 생각이 난다.

후에 나는 군산여고 진학을 했고, 군산 고 모자를 쓰고 가는 그 오빠를 길에서 먼빛으로 보았지만 아는 체를 못 하고 내외하고 외면했다. 지금껏 60~70년이 지나도록 그 친구네 소식을 모르고 산다.

궁금하다. 고마웠던 것을 잊고 산다.

장민호의 「내 이름 아시죠」도 마음을 움직인다.

임영웅이 정수라의 곡 「어느 날 문득」을 선택해 부르는데 명곡을 만들어 버린다.

언제쯤 날 볼 수 있을까

내가 없으면 세상이 없듯이
아직도 내가 날 모르나 봐요

그가 부르면 고급스럽게 들린다.

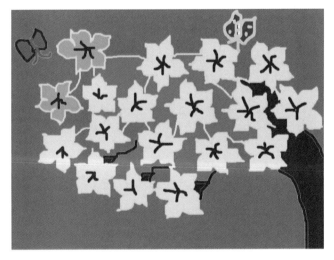

온천지에 벚꽃이 흐드러졌구나
(컴퓨터 그림, 2008)

아아 잊으랴 어찌 우리 이날을
—1950년의 6·25 날 기억하고

어제 서울에 있는 아들, 딸, 손녀가 왔다.

오면 더울세라 아이스케키를 사다 냉장고에 넣어뒀었다.

와그작 서서 먹는 모습들.

전쟁에 보호자들도 없고 엄마와 자식들은 먹을 것이 귀하고 고생할 때, 10대의 소년들은 조그만 통을 어깨에 메고 뜨거운 거리를 달리며 "아이스케키, 얼음과자!"를 외치고 팔며 생계를 도왔다.

그들도 지금은 나처럼 80 이쪽저쪽 되었겠구나. 굶주림을 아는 나는, 생수병을 말려 쌀과 잡곡들을 채워 가며, 지금도 식량을 저축한다.

이름 모를 풀을 뜯어다 죽을 끓여, 여러 명 가족이 끼니를 연명하던 기억 때문에!

아빠의 마음

두 살 터울로 딸을 넷을 낳고 밑에 아들을 낳게 되니, 날 듯이 기뻤다.

큰댁에서 시숙 어른께서 넷째 딸에게 커다란 사탕 봉지를 사다가 안기면서 아들 터 팔아서 예쁘다고 하신 것이다.

그 모습을 보고 셋째가 충격을 받았던지, 잘하던 말을 더듬고 옷 입은 채 서서 소변을 줄줄 눈다.

남편은 출근 전 일찍 일어나서 전주 기린봉을 조깅하는 습관이 있었는데, 딸 셋을 데리고 다니기 시작했다. 넷째는 너무 어려 셋만 갔다.

중간에 아이들은 놀게 하고 혼자만 봉우리까지 갔다 내려오며 다시 데리고 오고 하니 얼마 후에 셋째 딸의 저런 증상이 없어졌다.

아들에게 관심이 기우니 위 아이들이 좋기도 하나 소외되는 마음이 그렇게 터져 나온 것이다.

나는 말이 엄마지 스무 살 후 서른세 살이어서 그런 심리를 알지 못했다.

남편이 어린 딸들의 그 심리를 알고 그리 마음을 썼던 것이다.

군자란꽃이 활짝 웃고 있다
(컴퓨터 그림, 2009)

보통 아닌, 보통의 나날들

2021년 10월 22일 새벽 4시

〰〰〰〰〰〰〰

한 떨기 민들레로 살기를 어언 80년, 치매가 올 나이도 되었다.

내가 아는 만큼이라도 적어 놓으라는 넷째 딸의 당부도 있었고 해서, 기억 저 끝을 끌어 오기를, 내가 본 것, 들은 것, 체험한 것들을 생각나는 대로 한 조각씩 노트에 적어 보았다.
막내아들과 큰딸이 협심해서 타이핑하고 편집을 했다.

홀씨가 된 것을 바람에 날리기 전, 잘 말려 멀리 날아갈 수 있도록 해바라기를 한다.

내가 알고 말하는 것을
내 큰 자식도 모르는 것.
손자들은 더욱 몰라
100년도 안 되는 세월 일을
역사는 이렇게 잊혀진다.

구전되어 전해진 것들은
나조차도 실수가 많다.
고증할 수 없는 아쉬움이 있다.

민들레꽃과 나비
(컴퓨터 그림, 2009)

보통 아닌, 보통의 나날들

가을 들녘 위를 날아가는 새들

(종이에 수채화, 2020)

이 둥근 나무처럼 남은 삶이 되기를, 새도 사람도 쉬어가기를

(종이에 수채화, 2016)

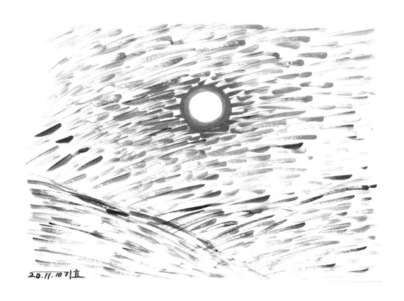

일몰
(종이에 수채화, 2020)

보통 아닌, 보통의 나날들

카네이션과 알리움

(종이에 수채화, 2019)

그리고 지금

自 만하지 말아라,
자만 하면 그순간 부처
괴물이 된다.
네 가족에게
상처주는 말 하지 말라.
기름 종이에 쓴것처럼,
오랜기간 남는다,
네 가족이 보고있다,
그들이 얼마 애통하다,
작 나쁨에 근심하거나 옛날있다.
(2015. 6. 26일   새벽 잠에서 깨며 일어나다)

새벽잠에서 깨어
(2015. 6. 26. 새벽)

겸손 하면   하늘이 돕는다.
어진이가 되면 하늘이 돕는다.
내 얼굴이 좋아 질때
스스로를 돌아 보고 버려놓고,
교만이 될까 두렵다.

내안이   튼튼해야.
他人이   넘 볼수 없는것

산 경건을   보고
거울 삼 자.

내가   힘들때 불안으로도.
내 가족이 떠다우는 이치
잊지 말자.
지금 내가 누리는 이 진리가
어디에서 왔는지.
은혜 잊지 말고 보은감사하자. 泰.
2015. 6. 26 오전

일기
(2015. 6. 26. 오전)

보통 아닌, 보통의 나날들

제라늄 화분
(종이에 수채화, 2020)

21.1.9.7

튤립
(종이에 수채화, 2021)

보통 아닌, 보통의 나날들

둘째 딸이 심어 준 씨앗이 자라서 화사한 겹백합꽃을 피우다
(종이에 수채화, 2021)

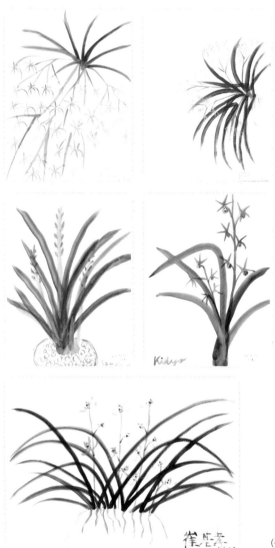

소엽풍란

(종이에 수채화, 2015~2016)

보통 아닌, 보통의 나날들

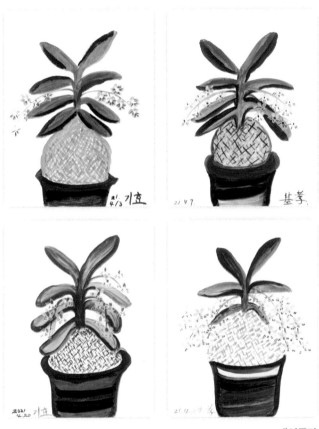

대엽풍란
(종이에 수채화, 2021)

자화상
(종이에 수채화, 2015)

보통 아닌, 보통의 나날들

꽃밭 속의 나
(종이에 수채화, 2017)

면벽좌선―어쩐지 외로워 보인다, 그런건 아닌데

(종이에 수채화, 2018)

보통 아닌, 보통의 나날들

금관 장식을 그리다
(종이에 수채화, 2013)

그리고 지금

TV 보다가 캠핑카 앞 오누이의 모습이 정다워 보여서 그려 보다

(종이에 펜, 2020)

보통 아닌, 보통의 나날들

자화상
(종이에 수채화, 2016)